诗歌词曲选

上海古籍出版社

圖書在版編目（CIP）數據

詩歌詞曲選 / 王財貴主編 . — 上海：上海古籍出版社，
2017.12
（中文經典誦讀系列：繁體豎排）
ISBN 978-7-5325-8386-7

I. ①詩…　II. ①王…　III. ①古典詩歌 — 詩集 — 中國
IV. ①I222
中國版本圖書館 CIP 數據核字（2017）第 046946 號

中文經典誦讀系列（繁體豎排）
詩歌詞曲選
王財貴　主編
書籍設計：劉曉翔工作室
北京文禮經典文化有限公司 策劃
上海古籍出版社有限公司 出版
（上海市瑞金二路 272 號　郵政編碼：200020）
（1）網址：www.guji.com.cn
（2）E-mail: guji1@guji.com.cn
（3）易文網網址：www.ewen.co
全國各地書店經銷
三河市國英印務有限公司印刷
開本 800×1200　1/16　印張 18.75　字數 91 千字
2017 年 12 月第 1 版　2017 年 12 月第 1 次印刷
ISBN 978-7-5325-8386-7
G・651　定價：58.00 元
如有質量問題，請與承印公司聯繫

出版說明

「中文經典誦讀系列」（繁體豎排）誦讀本，是根據二十年來我在臺灣推廣「兒童讀經」所編給臺灣兒童的讀本而修訂，採用繁體豎排帶漢語拼音的形式（讀音依據普通話標準調整），以供國內外希望熟悉繁體字及養成豎排閱讀習慣的兒童使用。

本書的特色是「大字」「白文」「繁體豎排帶漢語拼音」。「大字」，是為節省目力，不僅適合兒童誦讀，也方便一般讀者隨時隨地誦讀。「白文」而無解釋，一方面是為了篇幅不致太多，另一方面是「讀經」不同於一般知識的學習。「讀經」，重在了解，更重在接觸、熟悉，只要多「讀」，自有浸潤，自有感發，自有了解。當然，必要時，找其他有注釋的版本來參究研讀更好，但只就「兒童讀經」說，原不是很需要解釋的。採用

「繁體豎排帶漢語拼音」的形式，乃因自從簡體字推行以來，古今之書與兩岸之文產生了若干的差異，造成了一些閱讀與溝通上的障礙，許多有識之士認為「寫簡識繁」不失為暫時的解決之道，本系列讀本以繁體字排版，附以漢語拼音，讓讀者能在誦讀中自然識得繁體字；「拼音」作淡化處理，一方面有助於讀者對生僻字及古音等的了解，省去查閱字典的麻煩，另一方面淡化拼音的輔助作用，提高兒童識字的效率。

本系列讀本包括十四種。編者建議給兒童讀誦的先後順序是：一、《學庸論語》，二、《孟子》，三、《老子莊子選》，四、《易經》，五、《詩經》，六、《唐詩三百首》，七、《書禮春秋選》，八、《古文選》，九、《詩歌詞曲選》，十、《佛經選》，十一、《傷寒論》，十二、《內經知要》。另有國學啟蒙之冊《孝弟三百千》和課餘讀物《格言選》，作為隨時補充教學之用。本系列所採用的版本大體是通用的古本，如「四書」之《論》《孟》《中庸》用朱熹集注本，《老子》用《四部備要》明華亭張

氏本，《莊子》用郭慶藩集釋本。注音亦盡量採用底本中所注，其中《學庸論語》《孟子》《易經》《老子》《詩經》《唐詩三百首》《詩歌詞曲選》及《孝弟三百千》等書特請梁炯輝先生依《廣韻》中古音系統注出「入聲」（加黑點於拼音右側），並偶用「古音」。群經諸子中，遇孔子之名，避諱讀為「某」，是比較特別的。但舉凡這些版本及注音的選擇，只供教者、學者參考，不必為「定本」。我認為「讀」最重要，版本及注音的瑣碎異同不必太過計較，如唐詩就無定本可尋，但不妨礙它廣為流傳。

本系列讀本的出版，旨在推廣「讀經」風氣。「兒童讀經」教育的開展，倡發於臺灣，隨亦蔚起於大陸，乃至推衍於全世界，斯皆本於人性之自然，故能於讀經教法斷絕百年之後，復起於當世，風生雲湧，如斯之盛。我們希望有中國人的地方就有人「讀經」，更希望「讀經」教育成為世界語文教育的新典範。曾見古人有一聯語云：「國士胸羅廿四史，村童背誦十三經。」此情此景，如再現於當今，或將有助於社會和諧進步也。

感謝北京季謙教育咨詢中心諸仁為此改版作精細之編校，並為讀本錄製朗讀示範音頻，以便天下父母及老師之教學。又感謝上海古籍出版社所作的進一步校訂，讓本系列得以順利出版發行。

編者／王財貴

一九九四年五月台灣初版

二〇一二年二月大陸改版

二〇一四年九月大陸第二次改版

二〇一七年十二月大陸繁體豎排本初版

在現代社會提倡「讀經」之基本理論／王財貴

一、「經典」是智慧之結晶，所載為常理常道，其價值歷久而彌新，任何一個文化系統皆有其永恒不朽之經典作為源頭活水。「經典」不僅構成其民族之傳統，而且提供給全人類以無限之啟發。

二、中國儒、道、釋三家之經典自古流傳，為所有知識分子所必讀，以傳承中國文化之特色，而且影響東亞、東南亞並及於全世界。「五四」以來，反傳統而反對「讀經」，並反對讀古文。現今青年一輩，很多幾乎不能閱讀自己祖先的文獻，何況「經典」？倡導「讀經」風氣，是想從根本處著手，以救助中國文化。此外，如欲學習外語，吸收外族文化，亦應從其經典誦讀著手，最為方便有效。

三、倡導「讀經」的用意有二：第一，「經典」本來就是古文，「讀經」可以訓練古文基礎；第二，直接研讀「經典」，直接觸文化傳統中之最高智慧。兩件事一次完成。而有了古文基礎，將有助於白話寫作；有了傳統智慧，才有能力會通西洋。

四、現今的教育理論，一時很難在體制上恢復「讀經」之課程，故當先以「社會教育」的方式推廣，希望「讀經」理念能深入民心，風氣能普及於社會。

五、在社會中倡導「讀經」的方式有三：第一，用「講經」的方式倡導，由名師宿儒講授，此適用於成人；第二，用「讀經」的方式，即由若干有興趣者自組讀書會，而選用「經典」作為研讀文本，此亦適用於成人；第三，提倡「兒童讀經」，即一般家庭中由家長自行教導其小孩「讀經」，或鼓勵公寓大樓、社區鄰里、文化社團等開辦「兒童讀經班」，最好是學校教師在班上隨機教學，或在團體活動中成立「讀經」項目，或全校師生利用適當時機一齊教學。而如欲培養高端人才，

最有效者，則是開設「讀經」學校，或以「私塾」方式，施行全天候以「讀經」為主的教育。

六、就成人之「讀經」活動說，「經書」深奧難懂，一般人不敢嘗試。其實越不讀越難入門，而一切語文之學習，亦在由接觸而熟悉。只要開啟「讀」的風氣，常常去讀，自然漸漸培養出能力，越讀越懂。而社會中「讀經」的人多，從小方面說，可以陶冶個人心性氣質；從大方面說，歷史文化的傳承就自在其中。

七、就兒童之「讀經」活動說，「經書」更是難懂。但兒童之心智發展重點在於記憶力，而不在理解力。所以，不要勉強要求理解，而應趁幼時一面利用其記憶之強，記下一些文化中的精華作品，一面也訓練了記憶能力。待其長大後，閱讀能力自然增強，對本國文化也會有親切之感，所記得的文句不僅自己可以漸漸領略，如遇有人指教，更能觸類旁通。眾人之中，將可出現「為往聖繼絕學」之人才。

八、由兒童之「讀經」可以引起家庭接近「經典」之興趣，若父母子女一起「讀經」，更可增進親子之祥和，是最好的親子活動。

九、單從古文程度上說，兒童讀經一年，可有高中程度；讀經兩年，可有普通大學程度；讀經三年，可有中文系本科程度。至於人格之陶冶、氣質之變化，其效能更不可測度。

目錄

4

明清及近現代詩

詞選

中晚唐詞

7

8

南宋詞

13

詩歌選

詩歌選 shī gē xuǎn

（唐詩三百首，既膾炙人口矣，然自古以來，詩歌詞曲作手如林，佳作亦如繁星。本編乃於三百首外，更就各代擇其尤要者錄之。而學者苟欲觀其廣詳，宜取諸專業總集披攬之，不可自限也。）

CD1-2

古歌 gǔ gē

1 虞舜歌 yú shùn gē

無名氏 wú míng shì

股肱喜哉 gǔ gōng xǐ zāi，元首起哉 yuán shǒu qǐ zāi，百工熙哉 bó·gōng xǐ zāi。

「百」，今讀bǎi，後仿此。

2 皋陶賡載歌 gāo yáo gēng zài gē

無名氏 wú míng shì

元首明哉 yuán shǒu míng zāi，股肱良哉 gǔ gōng liáng zāi，庶事康哉 shù·shì kāng zāi。

元首叢脞哉，股肱惰哉，萬事墮哉。

無名氏

3 卿雲歌

卿雲爛兮，糾縵縵兮，日月光華，旦復旦兮。

無名氏

「復」，作反復義時讀入聲fù，餘讀去聲fòu。

CD1-3

4 南風歌

南風之薰兮，可以解吾民之慍兮；

南風之時兮，可以阜吾民之財兮。

無名氏

CD1-4

5 擊壤歌·

wú míng shì
無名氏

rì · chū · ér · zuò·
日出而作，

rì · rù · ér · xī·
日入而息；

záo · jǐng · ér · yǐn·
鑿井而飲，

gēng tián ér shí·
耕田而食。

dì · lì · hé · yǒu · yú · wǒ · zāi
帝力何有於我哉！

6 越謠歌·

wú míng shì
無名氏

jūn chéng jū·
君乘車，

wǒ dài lì·
我戴笠，

tā rì · xiāng féng xià jū yī·
他日相逢下車揖；

jūn dān dēng·
君擔簦，

wǒ kuà mǎ·
我跨馬，

tā rì · xiāng féng wéi jūn xià
他日相逢為君下。

7 越人歌·

wú míng shì
無名氏

yuè · rén · gē·
越人歌

jīn xī · hé · xī · xǐ·
今夕何夕兮，

qiān zhōu zhōng liú·
搴洲中流；

jīn rì · hé · rì · xī·
今日何日兮，

dé · yǔ wáng zǐ · tóng zhōu
得與王子同舟。

méng xiū
蒙羞

三

被好兮，不訾詬恥；心幾煩而不絕兮，得知王子。山有木兮

木有枝，心說君兮君不知！

8
烏鵲歌

南山有鳥，北山張羅；烏自高飛，羅當奈何！

無名氏

「北」，今讀 bò，後仿此。

漢詩 hàn shī

9 垓下歌 gāi xià gē

項羽 xiàng yǔ

力拔山兮氣蓋世，時不利兮騅不逝；
lì bá shān xī qì gài shì　shí bú lì xī zhuī bú shì

騅不逝兮可奈何，虞兮虞兮奈若何。
zhuī bú shì xī kě nài hé　yú xī yú xī nài ruò hé

10 大風歌 dà fēng gē

漢高祖 hàn gāo zǔ

大風起兮雲飛揚，威加海內兮歸故鄉，
dà fēng qǐ xī yún fēi yáng　wēi jiā hǎi nèi xī guī gù xiāng

安得猛士兮守四方！
ān dé měng shì xī shǒu sì fāng

CD1-7　　CD1-6

「白」，今讀 bái，後仿此。

11 秋風辭

漢武帝

秋風起兮白雲飛，草木黃落兮雁南歸。蘭有秀兮菊有芳，懷佳人兮不能忘。泛樓船兮濟汾河，橫中流兮揚素波。簫鼓鳴兮發櫂歌，歡樂極兮哀情多。少壯幾時兮奈老何！

12 與蘇武（三首選二）

李陵

良時不再至，離別在須臾。屏營衢路側，執手野踟躕。仰視浮雲飛，奄忽互相踰。風波一失所，各在天一隅。長當從此別，且復立斯須。欲因晨風發，送子以賤軀。

CD1-8

「恨恨」，或作「悢悢」。

攜手上河梁，遊子暮何之。徘徊蹊路側，恨恨不能辭。
行人難久留，各言長相思。安知非日月，弦望自有時。
努力崇明德，皓首以為期。

13 佳人歌

北方有佳人，絕世而獨立。一顧傾人城，再顧傾人國。寧
不知傾城與傾國，佳人難再得！

李延年

14 五噫歌

陟彼北芒兮，噫！顧瞻帝京兮，噫！宮闕崔巍兮，噫！民

梁鴻

CD1-9

15

四愁詩 sì chóu shī

張衡 zhāng héng

我所思兮在太山，欲往從之梁父艱，側身東望涕霑翰。
wǒ suǒ sī xī zài tài shān　yù·wǎng cóng zhī liáng fù jiān　cè·shēn dōng wàng tì zhān hàn

美人贈我金錯刀，何以報之英瓊瑤。
měi rén zèng wǒ jīn cuò·dāo　hé yǐ bào zhī yīng qióng yáo

路遠莫致倚逍遙，何為懷憂心煩勞！
lù yuǎn mò·zhì yǐ xiāo yáo　hé wèi huái yōu xīn fán láo

我所思兮在桂林，欲往從之湘水深，側身南望涕霑襟。
wǒ suǒ sī xī zài guì lín　yù·wǎng cóng zhī xiāng shuǐ shēn　cè·shēn nán wàng tì zhān jīn

美人贈我金琅玕，何以報之雙玉盤。
měi rén zèng wǒ jīn láng gān　hé yǐ bào zhī shuāng yù·pán

路遠莫致倚惆悵，何為懷憂心煩傷！
lù yuǎn mò·zhì yǐ chóu chàng　hé wèi huái yōu xīn fán shāng

之劬勞兮，噫！遼遼未央兮，噫！
zhī qú láo xī yī　liáo liáo wèi yāng xī yī

詩歌選—漢詩

16

飲馬長城窟行
yǐn mǎ cháng chéng kū·xíng

青青河邊草，綿綿思遠道。遠道不可思，夙昔夢見之。
qīng qīng hé biān cǎo，mián mián sī yuǎn dào。yuǎn dào bù kě sī，sù·xī mèng jiàn zhī。

蔡邕
cài yōng

我所思兮在漢陽，欲往從之隴阪長，側身西望涕霑裳。
wǒ suǒ sī·xī zài hàn yáng，yù·wǎng cóng zhī lǒng bǎn cháng，cè·shēn xī wàng tì zhān cháng。

美人贈我貂襜褕，何以報之明月珠。路遠莫致倚踟躕，
měi rén zèng wǒ diāo chān yú，hé yǐ bào zhī míng yuè·zhū。lù yuǎn mò·zhì yǐ chí chú，

何為懷憂心煩紆！
hé wèi huái yōu xīn fán yū！

我所思兮在雁門，欲往從之雪紛紛，側身北望涕霑巾。
wǒ suǒ sī·xī zài yàn mén，yù·wǎng cóng zhī xuě·fēn fēn，cè·shēn bǒ·wàng tì zhān jīn。

美人贈我錦繡段，何以報之青玉案。路遠莫致倚增歎，
měi rén zèng wǒ jǐn xiù duàn，hé yǐ bào zhī qīng yù·àn。lù yuǎn mò·zhì yǐ zēng tàn，

何為懷憂心煩惋！
hé wèi huái yōu xīn fán wǎn！

兩「有」字或作「言」。

CD1-12

夢見在我傍，忽覺在他鄉。他鄉各異縣，展轉不可見。

枯桑知天風？海水知天寒？入門各自媚，誰肯相為言？客從

遠方來，遺我雙鯉魚，呼童烹鯉魚，中有尺素書。

長跪讀素書，書中竟何如？上有加餐食，下有長相憶。

17

羽林郎

昔有霍家奴，姓馮名子都。

依倚將軍勢，調笑酒家胡。

胡姬年十五，春日獨當壚。

長裙連理帶，廣袖合歡襦。

頭上藍田玉，耳後大秦珠。

兩鬟何窈窕，一世良所無。

辛延年

18

董嬌嬈
dǒng jiāo ráo

宋子侯
sòng zǐ hóu

洛陽城東路，
luò yáng chéng dōng lù

桃李生路旁。
táo lǐ shēng lù páng

花花自相對，
huā huā zì xiāng duì

葉葉自相當。
yè yè zì xiāng dāng

春風東北起，
chūn fēng dōng bó qǐ

花葉正低昂。
huā yè zhèng dī áng

不知誰家子，
bù zhī shuí jiā zǐ

提籠行採桑。
tí lóng xíng cǎi sāng

人生有新故，
rén shēng yǒu xīn gù

貴賤不相逾。
guì jiàn bù xiāng yú

不惜紅羅裂，
bù xī hóng luó liè

何論輕賤軀。
hé lùn qīng jiàn qū

男兒愛後婦，
nán ér ài hòu fù

女子重前夫。
nǚ zǐ zhòng qián fū

多謝金吾子，
duō xiè jīn wú zǐ

私愛徒區區。
sī ài tú qū qū

就我求珍肴，
jiù wǒ qiú zhēn yáo

金盤膾鯉魚。
jīn pán kuài lǐ yú

貽我青銅鏡，
yí wǒ qīng tóng jìng

結我紅羅裙。
jié wǒ hóng luó qún

銀鞍何煜爚，
yín ān hé yù yuè

翠蓋空踟躕。
cuì gài kōng chí chú

就我求清酒，
jiù wǒ qiú qīng jiǔ

絲繩提玉壺。
sī shéng tí yù hú

一鬟五百萬，
yì huán wǔ bó wàn

兩鬟千萬餘。
liǎng huán qiān wàn yú

不意金吾子，
bù yì jīn wú zǐ

娉婷過我廬。
pīng tíng guò wǒ lú

CD1-14

19

古詩十九首

其一

行行重行行，與君生別離。相去萬餘里，各在天一涯。
道路阻且長，會面安可知？胡馬依北風，越鳥巢南枝。

無名氏

纖手折其枝，花落何飄揚。請謝彼姝子，何為相損傷？
高秋八九月，白露變為霜。終年會飄墮，安得久馨香？
秋時自零落，春日復芬芳。何如盛年去，歡愛永相忘！
吾欲竟此曲，此曲愁人腸。歸來酌美酒，挾瑟上高堂。

相去日已遠，衣帶日已緩。浮雲蔽白日，遊子不顧反。

思君令人老，歲月忽已晚。棄捐勿復道，努力加餐飯。

其二

青青河畔草，鬱鬱園中柳。

娥娥紅粉粧，纖纖出素手。

盈盈樓上女，皎皎當窗牖。

昔為倡家女，今為蕩子婦。

蕩子行不歸，空床難獨守。

其三

青青陵上柏，磊磊磵中石。

人生天地間，忽如遠行客。

「柏」，又讀bó，後仿此。

斗酒相娛樂，聊厚不為薄。

驅車策駑馬，遊戲宛與洛。

洛中何鬱鬱，冠帶自相索。

長衢羅夾巷，王侯多第宅。

兩宮遙相望，雙闕百餘尺。

極宴娛心意，戚戚何所迫？

其四

今日良宴會，歡樂難具陳。

彈箏奮逸響，新聲妙如神。

令德唱高言，識曲聽其真。

齊心同所願，含意俱未申。

人生寄一世，奄忽若飆塵。

何不策高足，先據要路津？

無為守窮賤，轗軻長苦辛。

CD1-17

「宅」，今音zhái。
此處是依格律
注為仄聲。後
仿此。

其五

西北有高樓，上與浮雲齊。交疏結綺窗，阿閣三重階。
上有絃歌聲，音響一何悲？誰能為此曲，無乃杞梁妻？
清商隨風發，中曲正徘徊。一彈再三歎，慷慨有餘哀。
不惜歌者苦，但傷知音稀。願為雙鳴鶴，奮翅起高飛。

其六

涉江采芙蓉，蘭澤多芳草。采之欲遺誰？所思在遠道。
還顧望舊鄉，長路漫浩浩。同心而離居，憂傷以終老。

「六」，今讀ㄌㄨˋ，
後仿此。

詩歌詞曲選

其七 qí qī

明月皎夜光，(míng yuè jiǎo yè guāng)
促織鳴東壁。(cù zhī míng dōng bì)
玉衡指孟冬，(yù héng zhǐ mèng dōng)
眾星何屬屬？(zhòng xīng hé lì lì)

白露沾野草，(bái lù zhān yě cǎo)
時節忽復易。(shí jié hū fòu yì)
秋蟬鳴樹間，(qiū chán míng shù jiān)
玄鳥逝安適？(xuán niǎo shì ān shì)

昔我同門友，(xī wǒ tóng mén yǒu)
高舉振六翮。(gāo jǔ zhèn lù hé)
不念攜手好，(bú niàn xié shǒu hǎo)
棄我如遺跡。(qì wǒ rú yí jì)

南箕北有斗，(nán jī bǒ yǒu dǒu)
牽牛不負軛。(qiān niú bú fù è)
良無盤石固，(liáng wú pán shí gù)
虛名復何益？(xǔ míng fòu hé yì)

其八 qí bā

冉冉孤生竹，(rǎn rǎn gū shēng zhú)
結根泰山阿。(jié gēn tài shān ē)
與君為新婚，(yǔ jūn wéi xīn hūn)
兔絲附女蘿。(tù sī fù nǚ luó)

兔絲生有時，(tù sī shēng yǒu shí)
夫婦會有宜。(fū fù huì yǒu yí)
千里遠結婚，(qiān lǐ yuǎn jié hūn)
悠悠隔山陂。(yōu yōu gé shān pí)

思君令人老，軒車來何遲？傷彼蕙蘭花，含英揚光輝。

過時而不采，將隨秋草萎。君亮執高節，賤妾亦何為？

「貴」，或作「貢」。

其九

庭中有奇樹，綠葉發華滋。攀條折其榮，將以遺所思。

馨香盈懷袖，路遠莫致之。此物何足貴，但感別經時。

其十

迢迢牽牛星，皎皎河漢女。纖纖擢素手，札札弄機杼。

終日不成章，泣涕零如雨。河漢清且淺，相去復幾許？

盈盈一水間，脉脉不得語。

其十一

迴車駕言邁，悠悠涉長道。四顧何茫茫，東風搖百草。所遇非故物，焉得不速老？盛衰各有時，立身苦不早。人生非金石，豈能長壽考？奄忽隨物化，榮名以為寶。

其十二

東城高且長，逶迤自相屬。迴風動地起，秋草萋已綠。四時更變化，歲暮一何速？晨風懷苦心，蟋蟀傷局促。

「非」，或作「無」。

「中帶」，或作「巾帶」。

蕩滌放情志，何為自結束？燕趙多佳人，美者顏如玉。

被服羅裳衣，當戶理清曲。音響一何悲！絃急知柱促。

馳情整中帶，沉吟聊躑躅。思為雙飛燕，銜泥巢君屋。

其十三

驅車上東門，遙望郭北墓。白楊何蕭蕭！松柏夾廣路。

下有陳死人，杳杳即長暮。潛寐黃泉下，千載永不寤。

浩浩陰陽移，年命如朝露。人生忽如寄，壽無金石固。

萬歲更相送，聖賢莫能度。服食求神仙，多為藥所誤。

不如飲美酒，被服紈與素。

其十四

去者日以疏，來者日以親。

出郭門直視，但見丘與墳。

古墓犁為田，松柏摧為薪。

白楊多悲風，蕭蕭愁殺人。

思還故里閭，欲歸道無因。

其十五

生年不滿百，常懷千歲憂。

晝短苦夜長，何不秉燭遊？

為樂當及時，何能待來茲。

愚者愛惜費，但為後世嗤。

CD1-29

仙人王子喬，難可與等期。

其十六

凜凜歲云暮，螻蛄夕鳴悲。涼風率已厲，游子寒無衣。

錦衾遺洛浦，同袍與我違。獨宿累長夜，夢想見容輝。

良人惟古歡，枉駕惠前綏。願為常巧笑，攜手同車歸。

既來不須臾，又不處重闈。亮無晨風翼，焉能凌風飛？

眄睞以適意，引領遙相睎。徒倚懷感傷，垂涕沾雙扉。

其十七

孟冬寒氣至，北風何慘慄？愁多知夜長，仰觀眾星列，

三五明月滿，四五蟾兔缺。客從遠方來，遺我一書札。

上言長相思，下言久別離。置書懷袖中，三歲字不滅。

一心抱區區，懼君不識察。

其十八

客從遠方來，遺我一端綺。相去萬餘里，故人心尚爾。

文彩雙鴛鴦，裁為合歡被。著以長相思，緣以結不解。

20

以膠投漆中，誰能別離此。

其十九

明月何皎皎，照我羅床幃。憂愁不能寐，攬衣起徘徊。

客行雖云樂，不如早旋歸。出戶獨彷徨，愁思當告誰？

引領還入房，淚下沾裳衣。

樂府古辭（八首）

無名氏

其一　箜篌引

公無渡河，公竟渡河！墮河而死，將奈公何？

其二　江南曲

江南可採蓮，蓮葉何田田！魚戲蓮葉間：魚戲蓮葉東，魚戲蓮葉西，魚戲蓮葉南，魚戲蓮葉北。

其三　長歌行

青青園中葵，朝露待日晞。陽春布德澤，萬物生光輝。常恐秋節至，焜黃華葉衰。百川東到海，何時復西歸。少壯不努力，老大徒傷悲。

CD1-35

其四　君子行

君子防未然，不處嫌疑間。瓜田不納履，李下不正冠。

嫂叔不親授，長幼不比肩。勞謙得其柄，和光甚獨難。

周公下白屋，吐哺不及餐。一沐三握髮，後世稱聖賢。

其五　隴頭行

隴頭流水，流離四下；念吾一身，飄然曠野。隴頭流水，

鳴聲幽咽；遙望秦川，肝腸斷絕。

其六　陌上桑

日出東南隅，照我秦氏樓。
秦氏有好女，自名為羅敷。
羅敷善蠶桑，採桑城南隅。
青絲為籠系，桂枝為籠鉤。
頭上倭墮髻，耳中明月珠；
緗綺為下裙，紫綺為上襦。
行者見羅敷，下擔捋髭須；
少年見羅敷，脫帽著帩頭。
耕者忘其犁，鋤者忘其鋤。
來歸相怨怒，但坐觀羅敷。
使君從南來，五馬立踟躕，
使君遣吏往，問「是誰家姝？」
「秦氏有好女，自名為羅敷。」「羅敷年幾何？」「二十尚不足，

十五頗有餘。」使君謝羅敷：「寧可共載不？」羅敷前致詞：

「使君一何愚！使君自有婦，羅敷自有夫。東方千餘騎，

夫婿居上頭。何以識夫婿，白馬從驪駒。青絲繫馬尾，

黃金絡馬頭；腰中鹿盧劍，可值千萬餘。十五府小吏，

二十朝大夫；三十侍中郎，四十專城居。為人潔白皙，

鬑鬑頗有鬚；盈盈公府步，冉冉府中趨。坐中數千人，

皆言夫婿殊。」

詩歌詞曲選

「止一丈」，或作「日一匹」。

其七　悲歌

悲歌可以當泣，遠望可以當歸。思念故鄉，鬱鬱纍纍。

欲歸家無人，欲渡河無船，心思不能言，腸中車輪轉。

其八　上山采蘼蕪

上山采蘼蕪，下山逢故夫。長跪問故夫，新人復何如？

新人雖言好，未若故人姝。顏色類相似，手爪不相如。

新人從門入，故人從閣去。新人工織縑，故人工織素。

織縑止一丈，織素五丈餘。將縑來比素，新人不如故。

魏晉詩 wèi jìn shī

21

短歌行 duǎn gē xíng（二首選一 èr shǒu xuǎn yī）

對酒當歌 duì jiǔ dāng gē，人生幾何 rén shēng jǐ hé？譬如朝露 pì rú zhāo lù，去日苦多 qù rì kǔ duō。

慨當以慷 kǎi dāng yǐ kāng，憂思難忘 yōu sī nán wàng。何以解憂 hé yǐ jiě yōu，唯有杜康 wéi yǒu dù kāng。

青青子衿 qīng qīng zǐ jīn，悠悠我心 yōu yōu wǒ xīn。但為君故 dàn wèi jūn gù，沉吟至今 chén yín zhì jīn，

呦呦鹿鳴 yōu yōu lù míng，食野之苹 shí yě zhī píng。我有嘉賓 wǒ yǒu jiā bīn，鼓瑟吹笙 gǔ sè chuī shēng。

明明如月 míng míng rú yuè，何時可掇 hé shí kě duō？憂從中來 yōu cóng zhōng lái，不可斷絕 bù kě duàn jué。

越陌度阡 yuè mò dù qiān，枉用相存 wǎng yòng xiāng cún。契闊談讌 qì kuò tán yàn，心念舊恩 xīn niàn jiù ēn。

「無枝」，或作「何枝」。

CD1-42

月明星稀，烏鵲南飛；繞樹三匝，無枝可依！

山不厭高，海不厭深。周公吐哺，天下歸心。

22

燕歌行（二首選一）　曹丕

秋風蕭瑟天氣涼，草木搖落露為霜。群燕辭歸鵠南翔，

念君客游思斷腸。慊慊思歸戀故鄉，君何淹留寄他方？

賤妾煢煢守空房，憂來思君不敢忘，不覺淚下沾衣裳。

援琴鳴弦發清商，短歌微吟不能長。明月皎皎照我床，

星漢西流夜未央。牽牛織女遙相望，爾獨何辜限河梁？

23 贈白馬王彪 zèng bó mǎ wáng biāo

謁帝承明廬，逝將歸舊疆。
yè dì chéng míng lú，shì jiāng guī jiù jiāng。

清晨發皇邑，日夕過首陽。
qīng chén fā huáng yì，rì xì guò shǒu yáng。

伊洛廣且深，欲濟川無梁。
yī luò guǎng qiě shēn，yù jì chuān wú liáng。

汎舟越洪濤，怨彼東路長。
fàn zhōu yuè hóng tāo，yuàn bǐ dōng lù cháng。

顧瞻戀城闕，引領情內傷。
gù zhān liàn chéng què，yǐn lǐng qíng nèi shāng。

太谷何寥廓，山樹鬱蒼蒼。
tài gǔ hé liáo kuò，shān shù yù cāng cāng。

霖雨泥我涂，流潦浩縱橫。
lín yǔ ní wǒ tú，liú lǎo hào zòng héng。

中逵絕無軌，改轍登高岡。
zhōng kuí jué wú guǐ，gǎi zhé dēng gāo gāng。

修坂造雲日，我馬玄以黃。
xiū bǎn zào yún rì，wǒ mǎ xuán yǐ huáng。

玄黃猶能進，我思鬱以紆。
xuán huáng yóu néng jìn，wǒ sī yù yǐ yū。

鬱紆將何念？親愛在離居。
yù yū jiāng hé niàn？qīn ài zài lí jū。

本圖相與偕，中更不克俱。
běn tú xiāng yǔ jiē，zhōng gèng bù kè jù。

鴟梟鳴衡軛，豺狼當路衢。
chī xiāo míng héng è，chái láng dāng lù qú。

「轍」，讀音chè。
下同。

曹植 cáo zhí

CD1-46　CD1-45

蒼蠅間白黑，讒巧令親疏。

欲還絕無蹊，攬轡止踟躕。

踟躕亦何留？相思無終極。

秋風發微涼，寒蟬鳴我側。

原野何蕭條，白日忽西匿。

歸鳥赴喬林，翩翩厲羽翼。

孤獸走索群，銜草不遑食。

感物傷我懷，撫心長太息。

太息將何為？天命與我違。

奈何念同生，一往形不歸。

孤魂翔故域，靈柩寄京師。

存者忽復過，亡沒身自衰。

人生處一世，去若朝露晞。

年在桑榆間，影響不能追。

自顧非金石，咄唶令心悲。

「咄」，今音duō，後仿此。

丈夫志四海，萬里猶比鄰。恩愛苟不虧，在遠分日親。

何必同衾幬，然後展殷勤。憂思成疾疢，無乃兒女仁。

倉卒骨肉情，能不懷苦辛？

苦辛何慮思？天命信可疑。

虛無求列仙，松子久吾欺。

變故在斯須，百年誰能持？

離別永無會，執手將何時？

王其愛玉體，俱享黃發期。

收淚即長路，援筆從此辭。

24

豫章行（二首）

曹植

窮達難豫圖，禍福信亦然。

虞舜不逢堯，耕耘處中田；

25

太公未遭文，漁釣終渭川；不見魯孔丘，窮困陳蔡間？

周公下白屋，天下稱其賢。

鴛鴦自用親，不若比翼連。他人雖同盟，骨肉天性然。

周公穆康叔，管蔡則流言；子臧讓千乘，季札慕其賢。

丹霞蔽日行

紂為昏亂，殘忠虐正。周室何隆，一門三聖！牧野致功，

天亦革命。漢祖之興，階秦之衰；雖有南面，王道陵夷。

炎光再幽，忽滅無遺！

曹植

詩歌選—魏晉詩

26

飲馬長城窟行

陳琳

飲馬長城窟，水寒傷馬骨。往謂長城吏：「慎莫稽留太原卒。」「官作自有程，舉築諧汝聲。」「男兒寧當格鬥死，何能怫鬱築長城？」長城何連連，連連三千里。邊城多健少，內舍多寡婦。作書與內舍：「便嫁莫留住。善侍新姑嫜，時時念我故夫子。」報書與邊地：「君今出語一何鄙！身在禍難中，何為稽留他家子？」「生男慎莫舉，生女哺用脯。君獨不見長城下，死人骸骨相撐拄！」「結髮行事君，

27

詠懷詩（八十二首選五）

懍懍心意關。明知邊地苦，賤妾何能久自全？」

夜中不能寐，起坐彈鳴琴。薄帷鑒明月，清風吹我襟。

孤鴻號外野，翔鳥鳴北林。徘徊將何見？憂思獨傷心。

天馬出西北，由來從東道。春秋非有託，富貴焉常保？

清露被皋蘭，凝霜霑野草。朝為媚少年，夕暮成醜老。

自非王子晉，誰能常美好？

阮籍

詩歌選—魏晉詩

登高臨四野，北望青山阿。松柏翳岡岑，飛鳥鳴相過。

感慨懷辛酸，怨毒常苦多。李公悲東門！蘇子狹三河。

求仁自得仁，豈復歎咨嗟。

昔年十四五，志尚在詩書。被褐懷珠玉，顏閔相與期。

開軒臨四野，登高有所思。丘墓蔽山岡，萬代同一時。

千秋萬歲後，榮名安所之！乃悟羡門子，噭噭今自嗤。

徘徊蓬池上，還顧望大梁。綠水揚洪波，曠野莽茫茫。

走獸交橫馳，飛鳥相隨翔。是時鶉火中，日月正相望。

28

朔風厲嚴寒，陰氣下微霜。

羈旅無儔匹，俛仰懷哀傷。

小人計其功，君子道其常。

豈惜終憔悴，詠言著斯章。

詠史詩（八首選五）

弱冠弄柔翰，卓犖觀群書。

著論準過秦，作賦擬子虛。

邊城苦鳴鏑，羽檄飛京都。

雖非甲冑士，疇昔覽穰苴。

長嘯激清風，志若無東吳。

鉛刀貴一割，夢想騁良圖。

左眄澄江湘，右盼定羌胡。

功成不受爵，長揖歸田廬。

鬱鬱澗底松，離離山上苗。

以彼徑寸莖，蔭此百尺條。

左思

世冑躡高位，英俊沈下僚。地勢使之然，由來非一朝。

金張藉舊業，七葉珥漢貂。馮公豈不偉？白首不見招。

吾希段干木，偃息藩魏君。吾慕魯仲連，談笑卻秦軍。

當世貴不羈，遭難能解紛。功成恥受賞，高節卓不群。

臨組不肯紲，對珪寧肯分？連璽曜前庭，比之猶浮雲。

皓天舒白日，靈景耀神州。列宅紫宮裏，飛宇若雲浮。

峨峨高門內，藹藹皆王侯。自非攀龍客，何為欻來遊？

被褐出閶闔，高步追許由。振衣千仞岡，濯足萬里流。

「欻」，又讀ㄒㄩ，後仿此。

29

遊仙詩（七首選二）

荊軻飲燕市，酒酣氣益震。

哀歌和漸離，謂若傍無人。

雖無壯士節，與世亦殊倫。

高眄邈四海，豪右何足陳？

貴者雖自貴，視之若埃塵。

賤者雖自賤，重之若千鈞。

京華遊俠窟，山林隱遯棲。

朱門何足榮，未若托蓬萊。

臨源挹清波，陵岡掇丹荑。

靈溪可潛盤，安事登雲梯。

漆園有傲吏，萊氏有逸妻。

進則保龍見，退為觸藩羝。

高蹈風塵外，長揖謝夷齊。

郭璞

青谿千餘仞，中有一道士。
雲生梁棟間，風出窗戶裏。
借問此何誰？云是鬼谷子。
翹跡企潁陽，臨河思洗耳。
閶闔西南來，潛波渙鱗起。
靈妃顧我笑，粲然啟玉齒。
蹇修時不存，要之將誰使？

陶潛

30

歸園田居（五首選三）

少無適俗韻，性本愛丘山。
誤落塵網中，一去十三年。
羈鳥戀舊林，池魚思故淵。
開荒南野際，守拙歸園田。
方宅十餘畝，草屋八九間。
榆柳蔭後簷，桃李羅堂前。

「十三」，或作「三十」。

曖曖遠人村，依依墟里煙。狗吠深巷中，雞鳴桑樹巔。

戶庭無塵雜，虛室有餘閒。久在樊籠裡，復得返自然。

野外罕人事，窮巷寡輪鞅。白日掩荊扉，虛室絕塵想。

時復墟曲中，披草共來往。相見無雜言，但道桑麻長。

桑麻日已長，我土日已廣。常恐霜霰至，零落同草莽。

種豆南山下，草盛豆苗稀。晨興理荒穢，帶月荷鋤歸。

道狹草木長，夕露沾我衣。衣沾不足惜，但使願無違。

31

移居（二首選一）

昔欲居南村，非為卜其宅；
聞多素心人，樂與數晨夕。
懷此頗有年，今日從茲役。
弊廬何必廣，取足蔽床席。
鄰曲時時來，抗言談在昔。
奇文共欣賞，疑義相與析。

陶潛

32

飲酒（二十首選五）

積善云有報，夷叔在西山。
善惡苟不應，何事空立言？
九十行帶索，饑寒況當年，
不賴固窮節，百世當誰傳？
道喪向千載，人人惜其情。
有酒不肯飲，但顧世間名。

陶潛

所以貴我身，豈不在一生？一生復能幾？倏如流電驚。

鼎鼎百年內，持此欲何成！

結廬在人境，而無車馬喧。問君何能爾？心遠地自偏。

采菊東籬下，悠然見南山；山氣日夕佳，飛鳥相與還。

此中有真意，欲辨已忘言。

秋菊有佳色，裛露掇其英。汎此忘憂物，遠我遺世情。

一觴雖獨進，杯盡壺自傾。日入群動息，歸鳥趨林鳴。

嘯傲東軒下，聊復得此生。

33

義農去我久，舉世少復真。
汲汲魯中叟，彌縫使其淳。
鳳鳥雖不至，禮樂暫得新。
洙泗輟微響，漂流逮狂秦。
詩書復何罪？一朝成灰塵。
區區諸老翁，為事誠殷勤。
如何絕世下，六籍無一親！
終日馳車走，不見所問津。
若復不快飲，空負頭上巾。
但恨多謬誤，君當恕醉人。

擬古（九首選二）　　陶潛

日暮天無雲，春風扇微和。
佳人美清夜，達曙酣且歌。
歌竟長歎息，持此感人多。
皎皎雲間月，灼灼葉中華。

35

詠荊軻

燕丹善養士，志在報強嬴。

招集百夫良，歲暮得荊卿。

陶潛

34

讀山海經（十三首選一）

豈無一時好？不久當如何？

孟夏草木長，繞屋樹扶疏。

既耕亦已種，時還讀我書。

窮巷隔深轍，頗迴故人車。

眾鳥欣有託，吾亦愛吾廬。

歡言酌春酒，摘我園中蔬。

微雨從東來，好風與之俱。

汎覽周王傳，流觀山海圖。

俯仰終宇宙，不樂復何如。

陶潛

君子死知己，提劍出燕京；素驥鳴廣陌，慷慨送我行。

雄髮指危冠，猛氣衝長纓。飲餞易水上，四座列群英。

漸離擊悲筑，宋意唱高聲。蕭蕭哀風逝，淡淡寒波生。

商音更流涕，羽奏壯士驚。心知去不歸，且有後世名。

登車何時顧？飛蓋入秦庭。凌厲越萬里，逶迤過千城。

圖窮事自至，豪主正怔營。惜哉劍術疎，奇功遂不成！

其人雖已沒，千載有餘情。

36

停雲 tíng yún

思親友也 sī qīn yǒu yě

靄靄停雲，濛濛時雨；八表同昏，平路伊阻。

靜寄東軒，春醪獨撫；良朋悠邈，搔首延佇。

停雲靄靄，時雨濛濛；八表同昏，平路成江。

有酒有酒，閒飲東窗；願言懷人，舟車靡從。

東園之樹，枝條再榮；競用新好，以招余情。

人亦有言，日月于征；安得促席，說彼平生。

翩翩飛鳥，息我庭柯；斂翮閒止，好聲相和。

37

癸卯歲始春懷古田舍（二首選一）

陶潛

先師有遺訓，憂道不憂貧；瞻望邈難逮，轉欲患長勤。

秉耒歡時務，解顏勸農人；平疇交遠風，良苗亦懷新。

雖未量歲功，即事多所欣；耕種有時息，行者無問津。

日入相與歸，壺漿勞近鄰；長吟掩柴門，聊為隴畝民。

豈無他人？念子實多！願言不獲，抱恨如何！

38

雜詩（十二首選一）

陶潛

人生無根蒂，飄如陌上塵；分散逐風轉，此已非常身。

落地為兄弟，何必骨肉親？得歡當作樂，斗酒聚比鄰。

盛年不重來，一日難再晨；及時當勉勵，歲月不待人！

南北朝詩
nán běi cháo shī

39 登池上樓
dēng chí shàng lóu

謝靈運
xiè líng yùn

潛虯媚幽姿，　飛鴻響遠音。
qián qiú mèi yōu zī　fēi hóng xiǎng yuǎn yīn

薄霄愧雲浮，　棲川怍淵沉。
bó·xiāo kuì yún fú　qī chuān zuò·yuān chén

進德智所拙，　退耕力不任。
jìn dé·zhì suǒ zhuō　tuì gēng lì·bù·rèn

徇祿反窮海，　臥痾對空林。
xùn lù·fǎn qióng hǎi　wò ē·duì kōng lín

衾枕昧節候，　褰開暫窺臨。
qīn zhěn mèi jié·hòu　qiān kāi zàn kuī lín

傾耳聆波瀾，　舉目眺嶇嶄。
qīng ěr·líng bō lán　jǔ mù·tiào qū qín

初景革緒風，　新陽改故陰。
chū jǐng gé·xù fēng　xīn yáng gǎi gù yīn

池塘生春草，　園柳變鳴禽。
chí táng shēng chūn cǎo　yuán liǔ biàn míng qín

祁祁傷豳歌，　萋萋感楚吟。
qí qí shāng bīn gē　qī qī gǎn chǔ yín

索居易永久，　離群難處心。
suǒ·jū yì yǒng jiǔ　lí qún nán chǔ xīn

持操豈獨古，　無悶徵在今。
chí cāo qǐ dú·gǔ　wú mèn zhēng zài jīn

或無「衾枕」兩句。

40 擬行路難（十八首 選二）

奉君金巵之美酒，
玳瑁玉匣之雕琴；
七彩芙蓉之羽帳，
九華葡萄之錦衾。
紅顏零落歲將暮，
寒光宛轉時欲沈；
願君裁悲且減思，
聽我抵節行路吟。
不見柏梁銅雀上，
寧聞古時清吹音？

瀉水置平地，
各自東西南北流；
人生亦有命，
安能行嘆復坐愁。
酌酒以自寬，
舉杯斷絕歌路難。
心非木石豈無感？
吞聲躑躅不敢言！

鮑照

詩歌詞曲選

41

晚登三山還望京邑

灞涘望長安，河陽視京縣。

白日麗飛甍，參差皆可見。

餘霞散成綺，澄江靜如練；

喧鳥覆春洲，雜英滿芳甸。

去矣方滯淫，懷哉罷歡宴。

佳期悵何許，淚下如流霰。

有情知望鄉，誰能鬒不變？

謝朓

42

遊東田

戚戚苦無悰，攜手共行樂。

尋雲陟累榭，隨山望菌閣。

遠樹曖阡阡，生煙紛漠漠。

魚戲新荷動，鳥散餘花落。

謝朓

43

詔問山中何所有賦詩以答

山中何所有？嶺上多白雲；只可自怡悅，不堪持贈君。

陶宏景

44

敕勒歌

敕勒川，陰山下，天似穹廬，籠蓋四野。天蒼蒼，野茫茫，風吹草低見牛羊。

斛律金

不對芳春酒，還望青山郭。

45

擬詠懷（二十七首 選一）　庾信

日晚荒城上，蒼茫餘落暉。都護樓蘭返，將軍疏勒歸。

馬有風塵氣，人多關塞衣。陣雲平不動，秋蓬卷欲飛。

聞道樓船戰，今年不解圍。

46

木蘭詩　無名氏

唧唧復唧唧，木蘭當戶織；不聞機杼聲，唯聞女嘆息。問

女何所思？問女何所憶？女亦無所思，女亦無所憶。昨夜

見軍帖，可汗大點兵；軍書十二卷，卷卷有爺名。阿爺無

大兒，木蘭無長兄；願為市鞍馬，從此替爺征。東市買駿馬，西市買鞍韉；南市買轡頭，北市買長鞭。旦辭爺娘去，暮宿黃河邊；不聞爺娘喚女聲，但聞黃河流水鳴濺濺。旦辭黃河去，暮至黑山頭；不聞爺娘喚女聲，但聞燕山胡騎鳴啾啾。

萬里赴戎機，關山度若飛。朔氣傳金柝，寒光照鐵衣。將軍百戰死，壯士十年歸。歸來見天子，天子坐明堂；策勳十二轉，賞賜百千強。可汗問所欲，木蘭不用尚書郎；願借明駝千里足，送兒還故鄉。

爺娘聞女來，

出郭相扶將；阿姊聞妹來，當戶理紅妝；小弟聞姊來，磨

刀霍霍向豬羊。開我東閣門，坐我西閣床；脫我戰時

袍，著我舊時裳。當窗理雲鬢，對鏡帖花黃。出門看火

伴，火伴皆驚惶；同行十二年，不知木蘭是女郎。雄兔

腳撲朔，雌兔眼迷離；雙兔傍地走，安能辨我是雄雌？

「看」，可 kàn、kān 兩讀，視叶律而定。

CD1-90

唐詩 táng shī

47 野望 yě wàng

東皋薄暮望，
dōng gāo bó mù wàng

徙倚欲何依；
xǐ yǐ yù hé yī

樹樹皆秋色，
shù shù jiē qiū sè

山山唯落暉。
shān shān wéi luò huī

牧人驅犢返，
mù rén qū dú fǎn

獵馬帶禽歸；
liè mǎ dài qín guī

相顧無相識，
xiāng gù wú xiāng shí

長歌懷采薇。
cháng gē huái cǎi wēi

王績
wáng jì

48 蟬 chán

垂緌飲清露，
chuí ruí yǐn qīng lù

流響出疎桐。
liú xiǎng chū shū tóng

居高聲自遠，
jū gāo shēng zì yuǎn

非是藉秋風。
fēi shì jiè qiū fēng

虞世南
yú shì nán

CD1-93　　CD1-92　　CD1-91

「車」，此字古讀音：「qiē」、「chǎ」或「qiǎ」。後《秋思》：「眼前紅日又西斜，疾似下坡車」情況同。

49

長安古意（節）

盧照鄰

長安大道連狹斜，青牛白馬七香車。

玉輦縱橫過主第，金鞭絡繹向侯家。

龍銜寶蓋承朝日，鳳吐流蘇帶晚霞。

百尺游絲爭繞樹，一群嬌鳥共啼花。

啼花戲蝶千門側，碧樹銀臺萬種色。

複道交窗作合歡，雙闕連甍垂鳳翼。

梁家畫閣中天起，漢帝金莖雲外直。

樓前相望不相知，陌生相逢詎相識？

借問吹簫向紫煙，曾經學舞度芳年。

得成比目何辭死，

CD1-94

願作鴛鴦不羨仙。比目鴛鴦真可羨，雙去雙來君不見？

生憎帳額繡孤鸞，好取開簾帖雙燕。（中略）

漢代金吾千騎來，翡翠屠蘇鸚鵡杯。羅襦寶帶為君解，

燕歌趙舞為君開。別有豪華稱將相，轉日回天不相讓。

意氣由來排灌夫，專權判不容蕭相。專權意氣本豪雄，

青虬紫燕坐春風。自言歌舞長千載，自謂驕奢凌五公。

節物風光不相待，桑田碧海須臾改。昔時金階白玉堂，

即今唯見青松在。寂寂寥寥揚子居，年年歲歲一床書。

50

易水送別

yì · shuǐ sòng bié ·

此地別燕丹，壯士髮衝冠。
cǐ dì bié · yān dān　zhuàng shì fà · chōng guān

昔時人已沒，今日水猶寒。
xī · shí rén yǐ mò　jīn rì shuǐ yóu hán

駱賓王
luò · bīn wáng

51

從軍行

cóng jūn xíng

烽火照西京，心中自不平。
fēng huǒ zhào xī jīng　xīn zhōng zì bù · píng

牙璋辭鳳闕，鐵騎繞龍城。
yá zhāng cí fèng quē ·　tiě · jì rào lóng chéng

雪暗凋旗畫，風多雜鼓聲。
xuě · àn diāo qí huà　fēng duō zá · gǔ shēng

寧為百夫長，勝作一書生。
nìng wéi bó · fū zhǎng　shèng zuò · yì · shū shēng

楊炯
yáng jiǒng

獨有南山桂花發，飛來飛去襲人裾。
dú · yǒu nán shān guì huā fā　fēi lái fēi qù xí rén jū

53

春江花月夜

春江潮水連海平，
海上明月共潮生；
灩灩隨波千萬里，
何處春江無月明。
江流宛轉繞芳甸，
月照花林皆似霰；
空裡流霜不覺飛，
汀上白沙看不見。
江天一色無纖塵，
皎皎空中孤月輪；
江畔何人初見月？
江月何年初照人？
人生代代無窮已，
江月年年只相似；

張若虛

52

自君之出矣

自君之出矣，
不復理殘機。
思君如滿月，
夜夜減清輝。

張九齡

不知江月待何人，但見長江送流水。

白雲一片去悠悠，青楓浦上不勝愁；誰家今夜扁舟子

何處相思明月樓？可憐樓上月徘徊，應照離人妝鏡臺；

玉戶簾中捲不去，搗衣砧上拂還來。

此時相望不相聞，願逐月華流照君；鴻雁長飛光不度，

魚龍潛躍水成文。昨夜閒潭夢落花，可憐春半不還家。

江水流春去欲盡，江潭落月復西斜。

斜月沈沈藏海霧，碣石瀟湘無限路。不知乘月幾人歸，

落月搖情滿江樹。

54 使至塞上

單車欲問邊，屬國過居延；
征蓬出漢塞，歸雁入胡天。
大漠孤煙直，長河落日圓；
蕭關逢候騎，都護在燕然。

王維

55 觀獵

風勁角弓鳴，將軍獵渭城；
草枯鷹眼疾，雪盡馬蹄輕。
忽過新豐市，還歸細柳營；
迴看射鵰處，千里暮雲平。

王維

「角」，今音jiǎo，後仿此。

56

酌酒與裴迪

酌酒與君君自寬，人情翻覆似波瀾；
白首相知猶按劍，朱門先達笑彈冠。
草色全經細雨濕，花枝欲動春風寒；
世事浮雲何足問？不如高臥且加餐。

王維

57

鳥鳴澗

人閒桂花落，夜靜春山空；
月出驚山鳥，時鳴春澗中。

王維

58

辛夷塢

木末芙蓉花，山中發紅萼；
澗戶寂無人，紛紛開且落。

王維

59

欒家瀨 luán jiā lài

sù · sù · qiū · yǔ zhōng
颯颯秋雨中，

qiǎn qiǎn shí · liū xiè
淺淺石溜瀉；

tiào bō zì xiāng jiàn
跳波自相濺，

bǎi · lù jīng fòu xià
白鷺驚復下。

wáng wéi
王維

60

少年行（二首） shào nián xíng ěr shǒu

xīn fēng měi jiǔ dǒu shí · qiān
新豐美酒斗十千，

xián yáng yóu xiá · duō shǎo nián
咸陽游俠多少年；

xiāng féng yì qì wèi jūn yǐn
相逢意氣為君飲，

jì · mǎ gāo lóu chuí liǔ biān
繫馬高樓垂柳邊。

yì · shēn néng bò · liǎng diāo hú
一身能擘兩雕弧，

lǔ jì qiān chóng zhǐ sì wú
虜騎千重只似無；

cè · zuò diāo ān tiáo bó · yǔ
側坐雕鞍調白羽，

fēn fēn shè shā wǔ chán yú
紛紛射殺五單于。

wáng wéi
王維

61

送 sòng 沈 shěn 子 zǐ 歸 guī 江 jiāng 東 dōng

王 wáng 維 wéi

楊 yáng 柳 liǔ 渡 dù 頭 tóu 行 xíng 客 kè 稀 xī ，

罟 gǔ 師 shī 蕩 dàng 槳 jiǎng 向 xiàng 臨 lín 圻 qí ；

唯 wéi 有 yǒu 相 xiāng 思 sī 似 sì 春 chūn 色 sè ，

江 jiāng 南 nán 江 jiāng 北 bò 送 sòng 君 jūn 歸 guī 。

62

從 cóng 軍 jūn 行 xíng （七首選四 qī shǒu xuǎn sì）

王 wáng 昌 chāng 齡 líng

烽 fēng 火 huǒ 城 chéng 西 xī 百 bò 尺 chǐ 樓 lóu ，

黃 huáng 昏 hūn 獨 dú 坐 zuò 海 hǎi 風 fēng 秋 qiū ；

更 gèng 吹 chuī 羌 qiāng 笛 dí 關 guān 山 shān 月 yuè ，

無 wú 那 nuò 金 jīn 閨 guī 萬 wàn 里 lǐ 愁 chóu 。

琵 pí 琶 pá 起 qǐ 舞 wǔ 換 huàn 新 xīn 聲 shēng ，

總 zǒng 是 shì 關 guān 山 shān 離 lí 別 bié 情 qíng ；

撩 liáo 亂 luàn 邊 biān 愁 chóu 聽 tīng 不 bú 盡 jìn ，

高 gāo 高 gāo 秋 qiū 月 yuè 照 zhào 長 cháng 城 chéng 。

63

青海長雲暗雪山，孤城遙望玉門關；

黃沙百戰穿金甲，不破樓蘭終不還。

前軍夜戰洮河北，已報生擒吐谷渾。

大漠風塵日色昏，紅旗半卷出轅門；

古風（五十九首 選二）

大雅久不作，吾衰竟誰陳！王風委蔓草，戰國多荊榛；

龍虎相啖食，兵戈逮狂秦；正聲何微茫！哀怨起騷人；

揚馬激頹波，開流蕩無垠。廢興雖萬變，憲章亦已淪。

李白

自從建安來，綺麗不足珍，
聖代復元古，垂衣貴清真。
群才屬休明，乘運共躍鱗；
文質相炳煥，眾星羅秋旻。
我志在刪述，垂輝映千春；
希聖如有立，絕筆於獲麟。
莊周夢胡蝶，胡蝶為莊周。
一體更變易，萬事良悠悠；
乃知蓬萊水，復作清淺流。
青門種瓜人，舊日東陵侯；
富貴固如此，營營何所求！

64

贈錢徵君少陽

白玉一杯酒，綠楊三月時；
春風餘幾日？兩鬢各成絲。

李白

65

獨坐敬亭山
dú zuò jìng tíng shān

眾鳥高飛盡，
zhòng niǎo gāo fēi jìn

孤雲獨去閒；
gū yún dú qù xián

相看兩不厭，
xiāng kàn liǎng bù yàn

只有敬亭山。
zhǐ yǒu jìng tíng shān

李白
lǐ bó

秉燭唯須飲，
bǐng zhú wéi xū yǐn

投竿也未遲；
tóu gān yě wèi chí

如逢渭川獵，
rú féng wèi chuān liè

猶可帝王師。
yóu kě dì wáng shī

66

勞勞亭
láo láo tíng

天下傷心處，
tiān xià shāng xīn chù

勞勞送客亭。
láo láo sòng kè tíng

春風知別苦，
chūn fēng zhī bié kǔ

不遣柳條青。
bù qiǎn liǔ tiáo qīng

李白
lǐ bó

67

贈汪倫
zèng wāng lún

李白乘舟將欲行，
lǐ bó chéng zhōu jiāng yù xíng

忽聞岸上踏歌聲；
hū wén àn shàng tà gē shēng

李白
lǐ bó

69

山中答問
shān zhōng dá·wèn

問余何事棲碧山，
wèn yú hé shì qī bì·shān

笑而不答心自閒；
xiào ér bù·dá xīn zì xián

桃花流水窅然去，
táo huā liú shuǐ yǎo rán qù

別有天地非人間。
bié·yǒu tiān dì fēi rén jiān

李白
lǐ bó·

68

聞王昌齡左遷龍標遙有此寄
wén wáng chāng líng zuǒ qiān lóng biāo yáo yǒu cǐ jì

楊花落盡子規啼，
yáng huā luò·jìn zǐ guī tí

聞道龍標過五溪；
wén dào lóng biāo guò wǔ xī

我寄愁心與明月，
wǒ jì chóu xīn yǔ míng yuè·

隨風直到夜郎西。
suí fēng zhí·dào yè láng xī

桃花潭水深千尺，
táo huā tán shuǐ shēn qiān chǐ·

不及汪倫送我情。
bù·jí wāng lún sòng wǒ qíng

李白
lǐ bó·

七一

70

與史郎中欽聽黃鶴樓中吹笛 yǔ·shǐ láng zhōng qīn tīng huáng hè·lóu zhōng chuī dí·

一為遷客去長沙， yì·wéi qiān kè·qù cháng shā

西望長安不見家； xī·wàng cháng ān bù·jiàn jiā

黃鶴樓中吹玉笛， huáng hè·lóu zhōng chuī yù·dí·

江城五月落梅花。 jiāng chéng wǔ·yuè·luò·méi huā

李白 lǐ·bó·

71

春夜洛城聞笛 chūn yè·luò·chéng wén dí·

誰家玉笛暗飛聲， shuí jiā yù·dí·àn fēi shēng

散入春風滿洛城； sàn rù·chūn fēng mǎn luò·chéng

此夜曲中聞折柳， cǐ yè·qǔ·zhōng wén zhé·liǔ

何人不起故園情！ hé rén bù·qǐ gù·yuán qíng

李白 lǐ·bó·

72

越中覽古 yuè·zhōng lǎn gǔ

越王勾踐破吳歸， yuè·wáng gōu jiàn pò wú guī

義士還家盡錦衣， yì·shì huán jiā jìn jǐn yī

李白 lǐ·bó·

CD2-10

73

送友人入蜀

李白 lǐ · bó ·

見說蠶叢路，崎嶇不易行；山從人面起，雲傍馬頭生。

芳樹籠秦棧，春流遶蜀城；升沈應已定，不必問君平。

74

秋浦歌

李白 lǐ · bó ·

白髮三千丈，離愁似個長；不知明鏡裡，何處得秋霜。

宮女如花滿春殿；只今惟有鷓鴣飛。

75

「山色」，或作「山晚」。

CD2-11

秋登宣城謝朓北樓

李白

江城如畫裏，山色望晴空；兩水夾明鏡，雙橋落彩虹。

人烟寒橘柚，秋色老梧桐；誰念北樓上，臨風懷謝公。

76

CD2-12

客中行

李白

蘭陵美酒鬱金香，玉碗盛來琥珀光；

但使主人能醉客，不知何處是他鄉。

77

奉贈韋左丞丈二十二韻

杜甫

紈綺不餓死，儒冠多誤身。丈人試靜聽，賤子請具陳：

甫昔少年日，早充觀國賓，讀書破萬卷，下筆如有神。

賦料揚雄敵，詩看子建親；李邕求識面，王翰願卜鄰。

自謂頗挺出，立登要路津；致君堯舜上，再使風俗淳。

此意竟蕭條，行歌非隱淪；騎驢十三載，旅食京華春。

朝扣富兒門，暮隨肥馬塵；殘杯與冷炙，到處潛悲辛。

主上頃見徵，欻然欲求伸；青冥卻垂翅，蹭蹬無縱鱗。

甚愧丈人厚，甚知丈人真；每於百寮上，猥誦佳句新。

竊效貢公喜，難甘原憲貧；焉能心怏怏？祇是走踆踆。

「馴」，或讀 xún。

今欲東入海，即將西去秦；尚憐終南山，回首清渭濱。
jīn yù dōng rù hǎi　jí jiāng xī qù qín　shàng lián zhōng nán shān　huí shǒu qīng wèi bīn

常擬報一飯，況懷辭大臣！白鷗沒浩蕩，萬里誰能馴？
cháng nǐ bào yì fàn　kuàng huái cí dà chén　bó ōu mò hào dàng　wàn lǐ shuí néng xún

CD2-14

「賊」，今讀 zéi，
後仿此。

78

前出塞（九首選一）
qián chū sài　jiǔ shǒu xuǎn yī

殺人亦有限，立國自有疆；苟能制侵陵，豈在多殺傷！
shā rén yì yǒu xiàn　lì guó zì yǒu jiāng　gǒu néng zhì qīn líng　qǐ zài duō shā shāng

挽弓當挽強，用箭當用長；射人先射馬，擒賊先擒王。
wǎn gōng dāng wǎn qiáng　yòng jiàn dāng yòng cháng　shè rén xiān shè mǎ　qín zé xiān qín wáng

杜甫
dù fǔ

CD2-15

79

後出塞（五首選二）
hòu chū sài　wǔ shǒu xuǎn èr

男兒生世間，及壯當封侯；戰伐有功業，焉能守舊丘？
nán ér shēng shì jiān　jí zhuàng dāng fēng hóu　zhàn fá yǒu gōng yè　yān néng shǒu jiù qiū

召募赴薊門，軍動不可留；千金裝馬鞍，百金裝刀頭；
zhào mù fù jì mén　jūn dòng bù kě liú　qiān jīn zhuāng mǎ ān　bó jīn zhuāng dāo tóu

杜甫
dù fǔ

閭里送我行，親戚擁道周；斑白居上列，酒酣進庶羞；

少年別有贈，含笑看吳鉤。

悲笳數聲動，壯士慘不驕；借問大將誰？恐是霍嫖姚。

平沙列萬幕，部伍各見招；中天懸明月，令嚴夜寂寥。

朝進東門營，暮上河陽橋；落日照大旗，馬鳴風蕭蕭。

80

茅屋為秋風所破歌

八月秋高風怒號，卷我屋上三重茅，茅飛渡江灑江郊，

高者掛罥長林梢，下者飄轉沈塘坳。　南村群童欺我老無力，

杜甫

「坳」，或讀ào。

81

忍能對面為盜賊，公然抱茅入竹去；脣焦口燥呼不得，歸來倚杖自歎息。

俄頃風定雲墨色，秋天漠漠向昏黑；布衾多年冷似鐵，嬌兒惡臥踏裏裂。牀牀屋漏無乾處，雨腳如麻未斷絕。自經喪亂少睡眠，長夜沾溼何由徹！

安得廣廈千萬間，大庇天下寒士俱歡顏，風雨不動安如山。嗚呼何時眼前突兀見此屋，吾廬獨破受凍死亦足！

曲江（二首）

一片花飛減卻春，風飄萬點正愁人；且看欲盡花經眼，

杜甫

莫厭傷多酒入脣。
江上小堂巢翡翠，
苑邊高塚臥麒麟；
細推物理須行樂，
何用浮榮絆此身！

朝回日日典春衣，
每向江頭盡醉歸；
酒債尋常行處有，
人生七十古來稀。
穿花蛺蝶深深見，
點水蜻蜓款款飛；
傳語風光共流轉，
暫時相賞莫相違。

82

杜甫

秋興（八首）

其一

玉露凋傷楓樹林，
巫山巫峽氣蕭森；
江間波浪兼天湧，

塞上風雲接地陰。叢菊兩開他日淚，孤舟一繫故園心；

寒衣處處催刀尺，白帝城高急暮砧。

其二

夔府孤城落日斜，每依北斗望京華；

聽猿實下三聲淚，奉使虛隨八月槎。

畫省香爐違伏枕，山樓粉堞隱悲笳；

請看石上藤蘿月，已映洲前蘆荻花。

其三

千家山郭靜朝暉，日日江樓坐翠微；

信宿漁人還汎汎，

清秋燕子故飛飛。

匡衡抗疏功名薄，劉向傳經心事違；

同學少年多不賤，五陵衣馬自輕肥。

其四

聞道長安似弈棋，百年世事不勝悲；王侯第宅皆新主，

直北關山金鼓震，征西車馬羽書遲；

文武衣冠異昔時。

魚龍寂寞秋江冷，故國平居有所思。

其五

蓬萊宮闕對南山，承露金莖霄漢間；西望瑤池降王母，

東來紫氣滿函關。
雲移雉尾開宮扇，
日繞龍鱗識聖顏；
一臥滄江驚歲晚，
幾回青瑣點朝班。

其六

瞿塘峽口曲江頭，
萬里風煙接素秋；
花萼夾城通御氣，
芙蓉小苑入邊愁。
珠簾繡柱圍黃鵠，
錦纜牙檣起白鷗；
回首可憐歌舞地，
秦中自古帝王州。

其七

昆明池水漢時功，
武帝旌旗在眼中；
織女機絲虛夜月，

石鯨鱗甲動秋風。波漂菰米沈雲黑，露冷蓮房墜粉紅；

關塞極天唯鳥道，江湖滿地一漁翁。

其八

昆吾御宿自逶迤，紫閣峰陰入渼陂；

香稻啄餘鸚鵡粒，碧梧棲老鳳凰枝。

佳人拾翠春相問，仙侶同舟晚更移；

綵筆昔曾干氣象，白頭吟望苦低垂。

83

贈花卿

杜甫

錦城絲管日紛紛，半入江風半入雲；

84

九日宴藍田崔氏莊　杜甫

老去悲秋強自寬，興來今日盡君歡；

羞將短髮還吹帽，

藍水遠從千澗落，玉山高並兩峰寒；

笑倩旁人為正冠。

明年此會知誰健，

醉把茱萸仔細看。

此曲祇應天上有，人間能得幾回聞！

85

江畔獨步尋花（七首 選四）　杜甫

江深竹靜兩三家，

多事紅花映白花；

報答春光知有處，

應須美酒送生涯。

黃師塔前江水東，春光懶困倚微風；
桃花一簇開無主，可愛深紅愛淺紅？

黃四娘家花滿蹊，千朵萬朵壓枝低；
留連戲蝶時時舞，自在嬌鶯恰恰啼。

不是愛花即欲死，只恐花盡老相催；
繁枝容易紛紛落，嫩蕊商量細細開。

86

省試湘靈鼓瑟

善鼓雲和瑟，常聞帝子靈；
馮夷空自舞，楚客不堪聽。

錢起

87

雁歸

錢起 qián qǐ

二十五弦彈夜月，
èr shí wǔ xián tán yè yuè·

不勝清怨卻飛來。
bù· shèng qīng yuàn què· fēi lái

瀟湘何事等閒回？水碧沙明兩岸苔；
xiāo xiāng hé shì děng xián huí shuǐ bì shā míng liǎng àn tái

流水傳瀟浦，悲風過洞庭；曲終人不見，江上數峰青。
liú shuǐ chuán xiāo pǔ bēi fēng guò dòng tíng qǔ zhōng rén bù· jiàn jiāng shàng shù fēng qīng

苦調凄金石，清音入杳冥。蒼梧來怨慕，白芷動芳馨；
kǔ diào qī jīn shí· qīng yīn rù· yǎo míng cāng wú lái yuàn mù bó· zhǐ dòng fāng xīn

88

汴河曲

李益 lǐ yì·

汴水東流無限春，隋家宮闕已成塵；
biàn shuǐ dōng liú wú xiàn chūn suí jiā gōng què· yǐ chéng chén

行人莫上長隄望，風起楊花愁殺人。
xíng rén mò· shàng cháng dī wàng fēng qǐ yáng huā chóu shā· rén

89

宮怨 李益

露濕晴花春殿香，月明歌吹在昭陽；

似將海水添宮漏，共滴長門一夜長。

90

題三閭大夫廟 戴叔倫

沅湘流不盡，屈子怨何深！

日暮秋風起，蕭蕭楓樹林。

91

左遷至藍關示姪孫湘 韓愈

一封朝奏九重天，夕貶潮陽路八千；

欲為聖朝除弊事，敢將衰朽惜殘年！

雲橫秦嶺家何在？雪擁藍關馬不前；

「潮陽」，或作「潮州」。

「瘴」，或作
「葬」。

CD2-37

92

初春小雨
chū chūn xiǎo yǔ

知汝遠來應有意，
zhī rǔ yuǎn lái yīng yǒu yì

好收吾骨瘴江邊。
hǎo shōu wú gǔ zhàng jiāng biān

天街小雨潤如酥，
tiān jiē xiǎo yǔ rùn rú sū

草色遙看近卻無；
cǎo sè yáo kàn jìn què wú

最是一年春好處，
zuì shì yì nián chūn hǎo chù

絕勝烟柳滿皇都。
jué shèng yān liǔ mǎn huáng dū

韓愈
hán yù

「還」，或作
「卻」。

93

竹枝詞
zhú zhī cí

楊柳青青江水平，
yáng liǔ qīng qīng jiāng shuǐ píng

聞郎江上踏歌聲；
wén láng jiāng shàng tà gē shēng

東邊日出西邊雨，
dōng biān rì chū xī biān yǔ

道是無晴還有晴。
dào shì wú qíng huán yǒu qíng

劉禹錫
liú yǔ xī

94 楊柳枝詞

劉禹錫 liú yǔ xī

城外春風吹酒旗，
chéng wài chūn fēng chuī jiǔ qí

行人揮袂日西時；
xíng rén huī mèi rì xī shí

長安陌上無窮樹，
cháng ān mò shàng wú qióng shù

唯有垂楊管別離。
wéi yǒu chuí yáng guǎn bié lí

95 秋風引

劉禹錫 liú yǔ xī

qiū fēng yǐn

何處秋風起？
hé chù qiū fēng qǐ

蕭蕭送雁群；
xiāo xiāo sòng yàn qún

朝來入庭樹，
zhāo lái rù tíng shù

孤客最先聞。
gū kè zuì xiān wén

96 聞樂天授江州司馬

元稹 yuán zhěn

wén lè tiān shòu jiāng zhōu sī mǎ

殘燈無焰影幢幢，
cán dēng wú yàn yǐng chuáng chuáng

此夕聞君謫九江；
cǐ xī wén jūn zhé jiǔ jiāng

垂死病中驚坐起，暗風吹雨入寒窗。

97 錢塘湖春行

白居易

孤山寺北賈亭西，

水面初平雲腳低；

幾處早鶯爭暖樹，

誰家新燕啄春泥。

亂花漸欲迷人眼，

淺草纔能沒馬蹄；

最愛湖東行不足，

綠楊蔭裏白沙隄。

98 暮江吟

白居易

一道殘陽鋪水中，

半江瑟瑟半江紅；

誰憐九月初三夜，

露似真珠月似弓。

「誰憐」，或作「可憐」。

99

登樂遊原

dēng lè · yóu yuán

長空澹澹孤鳥沒，
cháng kōng dàn dàn gū niǎo mò ·

萬古銷沈向此中；
wàn gǔ xiāo chén xiàng cǐ zhōng

看取漢家何事業？
kàn qǔ hàn jiā hé shì yè ·

五陵無樹起秋風！
wǔ líng wú shù qǐ qiū fēng

杜牧
dù mù ·

100

江南春

jiāng nán chūn

千里鶯啼綠映紅，
qiān lǐ yīng tí lǜ yìng hóng

水村山郭酒旗風；
shuǐ cūn shān guō · jiǔ qí fēng

南朝四百八十寺，
nán cháo sì bó · bā · shí · sì

多少樓臺煙雨中？
duō shǎo lóu tái yān yǔ zhōng

杜牧
dù mù ·

101

山行

shān xíng

遠上寒山石徑斜，
yuǎn shàng hán shān shí · jìng xiá

白雲生處有人家；
bó · yún shēng chù yǒu rén jiā

杜牧
dù mù ·

停車坐愛楓林晚，
霜葉紅於二月花。

李商隱

102

馬嵬

海外徒聞更九州，他生未卜此生休；
空聞虎旅傳宵柝，無復雞人報曉籌。
此日六軍同駐馬，當時七夕笑牽牛；
如何四紀為天子，不及盧家有莫愁。

李商隱

103

晚晴

深居俯夾城，春去夏猶清；
天意憐幽草，人間重晚晴。
並添高閣迥，微注小窗明；
越鳥巢乾後，歸飛體更輕。

李商隱

CD2-44

104

宿駱氏亭寄懷崔雍崔袞

竹塢無塵水檻清，相思迢遞隔重城；

秋陰不散霜飛晚，留得枯荷聽雨聲。

李商隱

105

長安秋望

雲物淒清拂曙流，漢家宮闕動高秋；

殘星幾點雁橫塞，長笛一聲人倚樓。

紫艷半開籬菊靜，紅衣落盡渚蓮愁；

鱸魚正美不歸去，空戴南冠學楚囚。

趙嘏

106

聞笛

誰家吹笛畫樓中，
斷續聲隨斷續風；
響過行雲橫碧落，
清和冷月到簾櫳。
興來三弄有桓子，
賦就一篇懷馬融；
曲罷不知人在否，
餘音嘹亮尚飄空。

趙嘏

107

商山早行

晨起動征鐸，
客行悲故鄉；
雞聲茅店月，
人迹板橋霜。
槲葉落山路，
枳花明驛牆；
因思杜陵夢，
鳧雁滿迴塘。

溫庭筠

108 金陵懷古　許渾

玉樹歌殘王氣終，景陽合兵戍樓空；

松楸遠近千官冢，禾黍高低六代宮。

石燕拂雲晴亦雨，江豚吹浪夜還風；

英雄一去豪華盡，惟有青山似洛中。

109 咸陽城西樓晚眺　許渾

一上高城萬里愁，蒹葭楊柳似汀洲；

溪雲初起日沈閣，山雨欲來風滿樓。

鳥下綠蕪秦苑夕，蟬鳴黃葉漢宮秋；

行人莫問當年事，故國東來渭水流。

111

憶昔
yì·xī

昔年曾作五陵遊，
xī·nián céng zuò·wǔ líng yóu

午夜清歌月滿樓；
wǔ·yè qīng gē yuè·mǎn lóu

露桃花下不知秋。
lù táo huā xià bù·zhī qiū

西園公子名無忌，
xī yuán gōng zǐ míng wú jì

南國佳人字莫愁；
nán guó·jiā rén zì mò·chóu

今日亂離俱是夢，
jīn·rì·luàn lí jù·shì mèng

夕陽惟見水東流。
xì·yáng wéi jiàn shuǐ dōng liú

韋莊
wéi zhuāng

110

社日
shè·rì

鵝湖山下稻粱肥，
é hú shān xià dào liáng féi

豚柵雞棲半掩扉；
tún zhà·jī qī bàn yǎn fēi

桑柘影斜春社散，
sāng zhè yǐng xié chūn shè sàn

家家扶得醉人歸。
jiā·jiā fú dé·zuì rén guī

王駕
wáng jià

CD2-51

112

歸隱　　陳摶

十年蹤跡走紅塵，回首青山入夢頻；紫綬縱榮爭及睡，

朱門雖富不如貧。愁聞劍戟扶危主，悶聽笙歌聒醉人；

攜取舊書歸舊隱，野花啼鳥一般春。

「聒」，或讀 guō、kuò。

宋元詩 sòng yuán shī

113 梅花 méi huā

眾芳搖落獨暄妍，zhòng fāng yáo luò dú xuān yán
占盡風情向小園；zhàn jìn fēng qíng xiàng xiǎo yuán
疏影橫斜水清淺，shū yǐng héng xié shuǐ qīng qiǎn
暗香浮動月黃昏。àn xiāng fú dòng yuè huáng hūn
霜禽欲下先偷眼，shuāng qín yù xià xiān tōu yǎn
粉蝶如知合斷魂；fěn dié rú zhī hé duàn hún
幸有微吟可相狎，xìng yǒu wēi yín kě xiāng xiá
不須檀板共金尊。bù xū tán bǎn gòng jīn zūn

林逋 lín bū

114 寓意 yù yì

油壁香車不再逢，yóu bì xiāng jū bù zài féng
峽雲無跡任西東；xiá yún wú jì rèn xī dōng
梨花院落溶溶月，lí huā yuàn luò róng róng yuè
柳絮池塘淡淡風。liǔ xù chí táng dàn dàn fēng
幾日寂寥傷酒後，jǐ rì jì liáo shāng jiǔ hòu
一番蕭索禁煙中；yì fān xiāo suǒ jìn yān zhōng

晏殊 yàn shū

115

有約
yǒu · yuē

魚書欲寄何由達，水遠山長處處同。
yú shū yù jì hé yóu dá shuǐ yuǎn shān cháng chù chù tóng

有約不來過夜半，閒敲棋子落燈花。
yǒu yuē · bù · lái guò yè bàn xián qiāo qí zǐ luò dēng huā

黃梅時節家家雨，青草池塘處處蛙；
huáng méi shí jié jiā jiā yǔ qīng cǎo chí táng chù chù wā

司馬光
sī mǎ guāng

116

北山
bò · shān

北山輸綠漲橫陂，直塹回塘灩灩時；
bò · shān shū lù zhǎng héng pí zhí qiàn huí táng yàn yàn shí

細數落花因坐久，緩尋芳草得歸遲。
xì shǔ luò huā yīn zuò jiǔ huǎn xún fāng cǎo dé · guī chí

王安石
wáng ān shí

117

書湖陰先生壁（二首選一）

wáng ān shí·王安石

máo yán cháng sǎo jìng wú tái
茅簷長掃淨無苔，

huā mù chéng qí shǒu zì zāi
花木成畦手自栽；

yì shuǐ hù tián jiāng lǜ rào
一水護田將綠繞，

liǎng shān pái tà sòng qīng lái
兩山排闥送青來。

118

泊船瓜洲

bó chuán guā zhōu

wáng ān shí·王安石

jīng kǒu guā zhōu yì shuǐ jiān
京口瓜洲一水間，

zhōng shān zhǐ gé shù chóng shān
鍾山只隔數重山；

chūn fēng yòu lǜ jiāng nán àn
春風又綠江南岸，

míng yuè hé shí zhào wǒ huán
明月何時照我還。

119

元日

yuán rì

wáng ān shí·王安石

bào zhú shēng zhōng yì suì chú
爆竹聲中一歲除，

chūn fēng sòng nuǎn rù tú sū
春風送暖入屠蘇；

「從」，今音cóng。

120

寒夜 hán yè

杜耒 dù lěi

千門萬戶曈曈日，總把新桃換舊符。
qiān mén wàn hù tóng tóng rì， zǒng bǎ xīn táo huàn jiù fú

寒夜客來茶當酒，竹爐湯沸火初紅；
hán yè kè lái chá dāng jiǔ， zhú lú tāng fèi huǒ chū hóng

尋常一樣窗前月，纔有梅花便不同。
xún cháng yí yàng chuāng qián yuè， cái yǒu méi huā biàn bù tóng

121

偶成 ǒu chéng

程顥 chéng hào

閒來無事不從容，睡覺東窗日已紅；
xián lái wú shì bù cóng róng， shuì jué dōng chuāng rì yǐ hóng

萬物靜觀皆自得，四時佳興與人同。
wàn wù jìng guān jiē zì dé， sì shí jiā xìng yǔ rén tóng

道通天地有形外，思入風雲變態中；
dào tōng tiān dì yǒu xíng wài， sī rù fēng yún biàn tài zhōng

富貴不淫貧賤樂，男兒到此是豪雄。
fù guì bù yín pín jiàn lè， nán ér dào cǐ shì háo xióng

CD2-58

122

送春
sòng chūn

三月殘花落更開，
sān yuè · cán huā luò · gèng kāi

小簷日日燕飛來；
xiǎo yán rì · rì · yàn fēi lái

子規夜半猶啼血，
zǐ guī yè bàn yóu tí · xuě ·

不信東風喚不回。
bù · xìn dōng fēng huàn bù · huí

王令
wǎng lìng

123

和子由澠池懷舊
hè zǐ yóu miǎn chí huái jiù

人生到處知何似？
rén shēng dào chù zhī hé sì

應似飛鴻踏雪泥；
yìng sì fēi hóng tà · xuě · ní

泥上偶然留指爪，
ní shàng ǒu rán liú zhǐ zhǎo

鴻飛那復計東西。
hóng fēi nǎ fòu jì dōng xī

老僧已死成新塔，
lǎo sēng yǐ sǐ chéng xīn tǎ ·

壞壁無由見舊題；
huài bì · wú yóu jiàn jiù tí

往日崎嶇還記否？
wǎng rì · qí qū huán jì fǒu

路長人困蹇驢嘶。
lù cháng rén kùn jiǎn lǘ sī

蘇軾
sū shì ·

124

寒食雨（二首）

自我來黃州，已過三寒食；
年年欲惜春，春去不容惜。

今年又苦雨，兩月秋蕭瑟；
臥聞海棠花，泥污燕脂雪。

暗中偷負去，夜半真有力；
何殊病少年，病起頭已白。

春江欲入戶，雨勢來不已；
小屋如漁舟，濛濛水雲裏。

空庖煮寒菜，破竈燒濕葦；
那知是寒食，但見烏銜紙。

君門深九重，墳墓在萬里；
也擬哭途窮，死灰吹不起。

蘇軾

125

贈劉景文

蘇軾

荷盡已無擎雨蓋，菊殘猶有傲霜枝；

一年好景君須記，最是橙黃橘綠時。

CD2-61

126

題西林寺壁

蘇軾

橫看成嶺側成峰，遠近高低總不同；

不識廬山真面目，只緣身在此山中。

CD2-62

「總」，或作「各」。

127

惠崇春江晚景

蘇軾

竹外桃花三兩枝，春江水暖鴨先知；

「偏」，或作「方」。

蔞蒿滿地蘆芽短，正是河豚欲上時。

蘇軾

128

飲湖上初晴後雨

水光瀲灩晴偏好，山色空濛雨亦奇；

欲把西湖比西子，淡粧濃抹總相宜。

蘇軾

129

春宵

春宵一刻值千金，花有清香月有陰；

歌管樓臺聲細細，鞦韆院落夜沈沈。

蘇軾

130

清明 qīng míng

黃庭堅 huáng tíng jiān

佳節清明桃李笑，
jiā jié· qīng míng táo lǐ· xiào

野田荒壠只生愁；
yě tián huāng lǒng zhǐ shēng chóu

雷驚天地龍蛇蟄，
léi jīng tiān dì lóng shé zhé·

雨足郊原草木柔。
yǔ zú· jiāo yuán cǎo mù· róu

人乞祭餘嬌妾婦，
rén qǐ· jì yú jiāo qiè· fù

士甘焚死不封侯；
shì gān fén sǐ bù· fēng hóu

賢愚千載知誰是？
xián yú qiān zǎi zhī shuí shì

滿眼蓬蒿共一丘。
mǎn yǎn péng hāo gòng yì· qiū

131

新竹 xīn zhú·

黃庭堅 huáng tíng jiān

插棘編籬謹護持，
chā· jí biān lí jǐn hù chí

養成寒碧映漣漪；
yǎng chéng hán bì yìng lián yī

赤日行天午不知。
chì· rì· xíng tiān wǔ bù· zhī

清風掠地秋先到，
qīng fēng lüè· dì qiū xiān dào

解籜時聞聲簌簌，
jiě tuò· shí wén shēng sù· sù·

放梢初見影離離；
fàng shāo chū jiàn yǐng lí lí

歸閒我欲頻來此，
guī xián wǒ yù· pín lái cǐ

枕簟仍教到處隨。
zhěn diàn réng jiào dào chù suí

CD2-65

又名「寄黃幾
復」。

132

答．黃幾復．
dá huáng jǐ fù

黃　庭　堅
huáng tíng jiān

我居北海君南海，
wǒ jū běi hǎi jūn nán hǎi

寄雁傳書謝不能；
jì yàn chuán shū xiè bù néng

桃李春風一杯酒，
táo lǐ chūn fēng yì bēi jiǔ

江湖夜雨十年燈。
jiāng hú yè yǔ shí nián dēng

持家但有四立壁，
chí jiā dàn yǒu sì lì bì

治病不蘄三折肱；
chí bìng bù qí sān zhé gōng

「治」，今音zhì。

想得讀書頭已白，
xiǎng dé dú shū tóu yǐ bó

隔溪猿哭瘴溪藤。
gé xī yuán kū zhàng xī téng

CD2-66

133

四時田園雜興（六十首選一）
sì shí tián yuán zá xìng liù shí shǒu xuǎn yī

范　成　大
fàn chéng dà

晝出耘田夜績麻，
zhòu chū yún tián yè jì má

村莊兒女各當家；
cūn zhuāng ér nǚ gè dāng jiā

童孫未解供耕織，
tóng sūn wèi jiě gōng gēng zhī

也傍桑陰學種瓜。
yě bàng sāng yīn xué zhòng guā

134

書憤 (shū fèn)

陸游 (lù yóu)

早歲那知世事艱，(zǎo suì nǎ zhī shì shì jiān)
中原北望氣如山；(zhōng yuán běi wàng qì rú shān)
樓船夜雪瓜洲渡，(lóu chuán yè xuě guā zhōu dù)
鐵馬秋風大散關。(tiě mǎ qiū fēng dà sàn guān)
塞上長城空自許，(sài shàng cháng chéng kōng zì xǔ)
鏡中衰鬢已先斑；(jìng zhōng shuāi bìn yǐ xiān bān)
出師一表真名世，(chū shī yì biǎo zhēn míng shì)
千載誰堪伯仲間？(qiān zǎi shuí kān bó zhòng (gàn))

「間」，今音 jiān。

CD2-67

135

遊山西村 (yóu shān xǐ cūn)

陸游 (lù yóu)

莫笑農家臘酒渾，(mò xiào nóng jiā là jiǔ hún)
豐年留客足雞豚；(fēng nián liú kè zú jī tún)
山重水複疑無路，(shān chóng shuǐ fù yí wú lù)
柳暗花明又一村。(liǔ àn huā míng yòu yì cūn)
簫鼓追隨春社近，(xiāo gǔ zhuī suí chūn shè jìn)
衣冠簡樸古風存；(yì guān jiǎn pǔ gǔ fēng cún)
從今若許閒乘月，(cóng jīn ruò xǔ xián chéng yuè)
拄杖無時夜叩門。(zhǔ zhàng wú shí yè kòu mén)

136 劍門道中遇微雨 陸游

衣上征塵雜酒痕，遠遊無處不消魂；

此身合是詩人未？細雨騎驢入劍門。

137 示兒 陸游

死去原知萬事空，但悲不見九州同；

王師北定中原日，家祭無忘告乃翁！

「原」，或作「元」。

138 曉出淨慈寺送林子方（二首選一） 楊萬里

畢竟西湖六月中，風光不與四時同；

139

鵝湖之會示同志

陸九韶

接天蓮葉無窮碧，映日荷花別樣紅。

孩提知愛長知欽，古聖相傳只此心；

未聞無址忽成岑，大抵有基方築室，

留情傳注翻榛塞，著意精微轉陸沈；

珍重友朋勤切琢，須知至樂在于今。

140

和鵝湖之會

陸九淵

墟墓興哀宗廟欽，斯人千古不磨心；

涓流積至滄溟水，拳石崇成太華岑。

易簡工夫終久大，支離事業竟浮沈；

欲知自下升高處，真偽先須辨只今。

141

三年後和鵝湖之會

德義流風夙所欽，別離三載更關心；偶扶藜杖出寒谷，
又枉籃輿度遠岑。舊學商量加邃密，新知培養轉深沈；
卻愁說到無言處，不信人間有古今。

朱熹

142

春日

勝日尋芳泗水濱，無邊光景一時新；
等閒識得東風面，萬紫千紅總是春。

朱熹

143 觀書有感

guān shū yǒu gǎn

半畝方塘一鑑開，
bàn mǔ fāng táng yī jiàn kāi

天光雲影共徘徊；
tiān guāng yún yǐng gòng pái huái

問渠那得清如許？
wèn qú nǎ dé qīng rú xǔ

為有源頭活水來。
wèi yǒu yuán tóu huó shuǐ lái

朱熹
zhū xī

144 立春偶成

lì chūn ǒu chéng

律回歲晚冰霜少，
lǜ huí suì wǎn bīng shuāng shǎo

春到人間草木知；
chūn dào rén jiān cǎo mù zhī

便覺眼前生意滿，
biàn jué yǎn qián shēng yì mǎn

東風吹水綠參差。
dōng fēng chuī shuǐ lǜ cēn cī

張栻
zhāng shì

145 遊園不值

yóu yuán bù zhí

應憐屐齒印蒼苔，
yīng lián jī chǐ yìn cāng tái

小扣柴扉久不開；
xiǎo kòu chái fēi jiǔ bù kāi

葉紹翁
yè shào wēng

CD2-75

「拋」，或作「飄」。

146

暮春即事

mù chūn jí·shì

雙雙瓦雀行書案，
點點楊花入硯池；
閒坐小窗讀周易，
不知春去幾多時。

葉采

147

過零丁洋

guò líng dīng yáng

辛苦遭逢起一經，
干戈寥落四周星；
山河破碎風拋絮，
身世浮沉雨打萍。
惶恐灘頭說惶恐，
零丁洋里嘆零丁；
人生自古誰無死，
留取丹心照汗青。

文天祥

「汙」，或音wǎ。坑陷之地。

CD2-76　CD2-77

148

正氣歌（並序）

文天祥

余囚北庭，坐一土室，室廣八尺，深可四尋，單扉低小，白間短窄，汙下而幽暗。當此夏日，諸氣萃然，雨潦四集，浮動床几，時則為水氣；塗泥半潮，蒸漚歷瀾，時則為土氣；乍晴暴熱，風道四塞，時則為日氣；簷陰薪爨，助長炎虐，時則為火氣；倉腐寄頓，陣陣逼人，時則為米氣；駢肩雜遝，腥臊汗垢，時則為人氣；或圊溷、或毀屍、或腐鼠，惡氣雜出，時則為穢氣。疊是數氣，當之者鮮不為厲。而余以孱弱，俯仰其間，於茲二年矣！幸而無恙，是殆有養致然爾。然亦安知所養何哉？孟子曰：……

「吾善養吾浩然之氣。」彼氣有七，吾氣有一，以一敵七，吾何患焉！況浩

然者，乃天地之正氣也，作正氣歌一首：

天地有正氣，雜然賦流形。下則為河嶽，上則為日星。

於人曰浩然，沛乎塞蒼冥。皇路當清夷，含和吐明庭；

時窮節乃見，一一垂丹青。在齊太史簡，在晉董狐筆，

在秦張良椎，在漢蘇武節；為嚴將軍頭，為嵇侍中血，

為張睢陽齒，為顏常山舌；或為遼東帽，清操厲冰雪；

或為出師表，鬼神泣壯烈；或為渡江楫，慷慨吞胡羯；

CD2-79　CD2-80

「他」，今音 tā。

或為擊賊笏，逆豎頭破裂。

是氣所磅礴，凜烈萬古存，

當其貫日月，生死安足論！地維賴以立，天柱賴以尊，

三綱實繫命，道義為之根。嗟予遘陽九，隸也實不力。

楚囚纓其冠，傳車送窮北；鼎鑊甘如飴，求之不可得。

陰房闐鬼火，春院閟天黑；牛驥同一皁，雞栖鳳凰食。

一朝蒙霧露，分作溝中瘠；如此再寒暑，百沴自辟易。

哀哉沮洳場，為我安樂國，豈有他謬巧，陰陽不能賊。

顧此耿耿在，仰視浮雲白；悠悠我心憂，蒼天曷有極！

CD2-81

哲人日已遠，典型在夙昔；風簷展書讀，古道照顏色！

林洪

149

西湖

山外青山樓外樓，西湖歌舞幾時休？煖風熏得遊人醉，直把杭州作汴州。

150

論詩絕句（錦瑟）

望帝春心託杜鵑，佳人錦瑟怨華年；詩家總愛西崑好，只恨無人作鄭箋。

元好問

151

岳鄂王墓
yuè · è · wáng mù

趙孟頫
zhào mèng fǔ

鄂王墳上草離離，
è · wáng fén shàng cǎo lí · lí

秋日荒涼石獸危；
qiū rì · huāng liáng shí · shòu wēi

南渡君臣輕社稷，
nán dù jūn chén qīng shè jì ·

中原父老望旌旗。
zhōng yuán fù · lǎo wàng jīng qí

英雄已死嗟何及，
yīng xióng yǐ sǐ jiē hé jí ·

天下中分遂不支；
tiān xià zhòng fēn suì bù · zhī

莫向西湖歌此曲，
mò · xiàng xī hú gē cǐ qǔ ·

水光山色不勝悲。
shuǐ guāng shān sè · bù · shēng bēi

152

博浪沙
bó · làng shā

陳孚
chén fú

一擊軍中膽氣豪，
yī · jī · jūn zhōng dǎn qì hǎo

祖龍社稷已驚搖；
zǔ lóng shè jì · yǐ jīng yáo

如何十二金人外，
rú hé shí · èr jīn rén wài

猶有人間鐵未銷？
yóu yǒu rén jiān tiě · wèi xiāo

153

村晚

雷震

草滿池塘水滿陂，
山銜落日浸寒漪；
牧童歸去橫牛背，
短笛無腔信口吹。

154

干戈

王中

干戈未定欲何之？
一事無成兩鬢絲；
踪跡大綱王粲傳，
情懷小樣杜陵詩。
鵾鵡音斷人千里，
烏鵲巢寒月一枝；
安得中山千日酒，
酩然直到太平時。

明清及近現代詩

王守仁

155 詠良知四首示諸生

箇箇人心有仲尼，自將聞見苦遮迷；

而今指與真頭面：只是良知更莫疑。

問君何事日憧憧？煩惱場中錯用功！

莫道聖門無口訣，良知兩字是參同。

人人自有定盤針，萬化根源總在心；

卻笑從前顛倒見，枝枝葉葉外頭尋。

「場」，或讀 cháng。

一一〇

156

樂學歌 lè·xué·gē

王艮 wáng gèn

無聲無臭獨知時，此是乾坤萬有基；
wú·shēng wú·xiù dú·zhī·shí cǐ·shì qián·kūn wàn·yǒu·jī

拋卻自家無盡藏，沿門持鉢效貧兒。
pāo·què·zì·jiā wú·jìn·zàng yán·mén·chí·bō·xiào·pín·ér

人心本自樂，自將私欲縛；
rén·xīn·běn·zì·lè zì·jiāng·sī·yù·fù

私欲一萌時，良知還自覺；
sī·yù·yì·méng·shí liáng·zhī·huán·zì·jué

一覺便消除，人心依舊樂。
yì·jué·biàn·xiāo·chú rén·xīn·yī·jiù·lè

樂是樂此學，學是學此樂；
lè·shì·lè·cǐ·xué xué·shì·xué·cǐ·lè

不樂不是學，不學不是樂。
bù·lè·bú·shì·xué bù·xué·bú·shì·lè

樂便然後學，學便然後樂。
lè·biàn·rán·hòu·xué xué·biàn·rán·hòu·lè

樂是學，學是樂。嗚呼！天下之樂，何如此學？
lè·shì·xué xué·shì·lè wū·hū tiān·xià·zhī·lè hé·rú·cǐ·xué

天下之學，何如此樂！
tiān·xià·zhī·xué hé·rú·cǐ·lè

157

和聶儀部明妃曲

天山雪後北風寒，抱得琵琶馬上彈；

曲罷不知青海月，徘徊猶作漢宮看。

李攀龍

158

圓圓曲

鼎湖當日棄人間，破敵收京下玉關；

慟哭六軍俱縞素，衝冠一怒為紅顏。

紅顏流落非吾戀，逆賊天亡自荒宴；

歸掃黃巾定黑山，哭罷君親再相見。

相見初經田竇家，侯門歌舞出如花；

許將戚里箜篌伎，等取將軍油壁車。

吳偉業

家本姑蘇浣花里，

圓圓小字嬌羅綺；夢向夫差苑裡遊，

宮娥擁入君王起。

前身合是採蓮人，門前一片橫塘水；

橫塘雙槳去如飛，

何處豪家強載歸？此際豈知非薄命，

此時只有淚沾衣；薰天意氣連宮掖，

明眸皓齒無人惜。

奪歸永巷閉良家，教就新聲傾坐客；

坐客飛觴紅日暮，

一曲哀弦向誰訴？白皙通侯最少年，

揀取花枝屢回顧；

早攜嬌鳥出樊籠，待得銀河幾時渡。

恨殺軍書抵死催，

苦留後約將人誤；相約恩深相見難，

一朝蟻賊滿長安。

可憐思婦樓頭柳，認作天邊粉絮看；

強呼絳樹出雕闌。

若非壯士全師勝，爭得蛾眉匹馬還？

屈大均

159

壬戌清明作

朝作輕雲暮作陰，愁中不覺已春深；落花有淚因風雨，

啼鳥無情自古今。故國江山徒夢寐，中華人物又銷沈；

龍蛇四海歸無所，寒食年年愴客心。

屈大均

160

真州絕句（五首選一）

江干多是釣人居，柳陌菱塘一帶疏；

王士禎

CD2-93

161

春日憶山中故居（十首選二）

彭孫遹

好是日斜風定後，半江紅樹賣鱸魚。

柳葉梅叢感歲華，薄遊何事滯天涯？
三年不到香陘舍，芳樹無人自作花。

曲榭才通小院西，海棠三月已開齊；
落花滿地無人掃，春雨春風糝作泥。

162

湖樓題壁

屬鶚

水落山寒處，盈盈記踏春；朱闌今已朽，何況倚闌人。

164

紅樓夢緣起〔二首〕

hóng lóu mèng yuán qǐ èr shǒu

滿紙荒唐言，一把辛酸淚，都云作者癡，誰解其中味？
mǎn zhǐ huāng táng yán yì bǎ xīn suān lèi dōu yún zuò zhě chī shuí jiě qí zhōng wèi

說到辛酸處，荒唐愈可悲；由來同一夢，休笑世人癡！
shuō dào xīn suān chù huāng táng yù kě bēi yóu lái tóng yì mèng xiū xiào shì rén chī

曹雪芹
cáo xuě qín

163

馬嵬〔四首選一〕

mǎ wéi sì shǒu xuǎn yī

莫唱當年長恨歌，人間亦自有銀河；
mò chàng dāng nián cháng hèn gē rén jiān yì zì yǒu yín hé

石壕村裡夫妻別，淚比長生殿上多。
shí háo cūn lǐ fū qī bié lèi bǐ cháng shēng diàn shàng duō

袁枚
yuán méi

詩歌選—明清及近現代詩

165

紅豆詞

曹雪芹

滴不盡相思血淚拋紅豆，開不完春柳春花滿畫樓；睡不穩紗窗風雨黃昏後，忘不了新愁與舊愁。嚥不下玉粒金波噎滿喉，照不盡菱花鏡裏形容瘦。展不開的眉頭，捱不明的更漏。呀！恰便似遮不住的青山隱隱，流不斷的綠水悠悠。

166

歲暮到家

蔣士銓

愛子心無盡，歸家喜及辰；寒衣針線密，家信墨痕新。見面憐清瘦，呼兒問苦辛；低回愧人子，不敢嘆風塵。

CD2-97

167

響屧廊（二首選一）

蔣士銓

不重雄封重艷情，遺蹤猶自慕傾城；

憐伊幾兩平生屐，踏碎山河是此聲。

168

論詩（五首選二）

趙翼

李杜詩篇萬口傳，至今已覺不新鮮；

江山代有才人出，各領風騷數百年。

隻眼須憑自主張，紛紛藝苑說雌黃；

矮人看戲何曾見？都是隨人說短長！

「鑿」，或讀 zuò。

170

直沽舟次寄懷都下諸友人（二首選一）
黃景仁

長謝一沽丁字水，送人猶有故人情。

便歸舟已後蓴羹。

讀書擊劍兩無成，辭賦中年誤馬卿；欲入山愁無石髓，

生成野性文焉用，淡到名心氣始平；

169

漢武帝茂陵（四首選一）
王曇

壺關一悔奈匆匆，思子歸來僅有宮；命將不曾封李廣，

愛才畢竟誤江充。神仙大藥無消息，方士招魂又鑿空；

不有茂陵遺恨事，怎教人士哭秋風。

171

別老母
bié · lǎo mǔ

搴帷拜母河梁去，
qiān wéi bài mǔ hé liáng qù

白髮愁看淚眼枯；
bó · fà chóu kàn lèi yǎn kū

慘慘柴門風雪夜，
cǎn cǎn chái mén fēng xuě · yè

此時有子不如無。
cǐ shí yǒu zǐ bù · rú wú

黃景仁
huáng jǐng rén

172

蘆溝
lú gōu

蘆溝南望盡塵埃，
lú gōu nán wàng jìn chén āi

木脫霜寒大漠開，
mù · tuō shuāng hán dà mò · kāi

天海詩情驢背得，
tiān hǎi shī qíng lǘ bèi dé

關山秋色雨中來。
guān shān qiū sè · yǔ zhōng lái

茫茫閱世無成局，
máng máng yuè · shì wú chéng jú

碌碌因人是廢才；
lù · lù yīn rén shì fèi cái

往日英雄呼不起，
wǎng rì · yīng xióng hū bù · qǐ

放歌空弔古金臺。
fàng gē kōng diào gǔ jīn tái

張問陶
zhāng wèn táo

173

秋心（三首選一）
qiū xīn（sānshǒu xuǎn yī）

龔自珍
gōng zì zhēn

秋心如海復如潮，但有秋魂不可招；漠漠鬱金香在臂，
qiū xīn rú hǎi fòu rú cháo dàn yǒu qiū hún bù kě zhāo mò mò yù jīn xiāng zài bì

亭亭古玉珮當腰。氣寒西北何人劍，聲滿東南幾處簫？
tíng tíng gǔ yù pèi dāng yāo qì hán xī běi hé rén jiàn shēng mǎn dōng nán jǐ chù xiāo

斗大明星爛無數，長天一月墜林梢。
dǒu dà míng xīng làn wú shù cháng tiān yí yuè zhuì lín shāo

174

己亥雜詩（三百一十五首選二）
jǐ hài zá shī（sān bǎi yī shí wǔ shǒu xuǎn èr）

龔自珍
gōng zì zhēn

浩蕩離愁白日斜，吟鞭東指即天涯；
hào dàng lí chóu bó rì xiá yín biān dōng zhǐ jí tiān yá

落紅不是無情物，化作春泥更護花。
luò hóng bú shì wú qíng wù huà zuò chūn ní gèng hù huā

CD2-103

175

出都留別諸公（五首選一）

九州生氣恃風雷，萬馬齊瘖究可哀；

我勸天公重抖擻，不拘一格降人材。

天龍作騎萬靈從，獨立飛來縹緲峰；

縱橫宙合霧千重。眼中戰國成爭鹿，海內人才孰臥龍？

懷抱芳馨蘭一握，

撫劍長號歸去也，千山風雨嘯青鋒！

康有為

177

輓劉道一
wǎn liú dào yī

半壁東南三楚雄，
bàn bì dōng nán sān chǔ xióng

劉郎死去霸圖空；
liú láng sǐ qù bà tú kōng

尚餘遺業艱難甚，
shàng yú yí yè jiān nán shèn

誰與斯人慷慨同！
shuí yǔ sī rén kāng kǎi tóng

塞上秋風悲戰馬，
sài shàng qiū fēng bēi zhàn mǎ

神州落日泣哀鴻；
shén zhōu luò rì qì āi hóng

孫文
sūn wén

176

離臺詩（六首 選二）
lí tái shī（liù shǒu xuǎn èr）

宰相有權能割地，
zǎi xiàng yǒu quán néng gē dì

孤臣無力可回天；
gū chén wú lì kě huí tiān

扁舟去作鴟夷子，
piān zhōu qù zuò chī yí zǐ

回首河山意黯然。
huí shǒu hé shān yì àn rán

從此中原恐陸沈，
cóng cǐ zhōng yuán kǒng lù chén

東周積弱又於今；
dōng zhōu jī ruò yòu yú jīn

入山冷眼觀時局，
rù shān lěng yǎn guān shí jú

荊棘銅駝感慨深。
jīng jí tóng tuó gǎn kǎi shēn

丘逢甲
qiū féng jiǎ

CD2-106

178

本事詩（十首選一）

幾時痛飲黃龍酒，橫攬江流一奠公！

春雨樓頭尺八簫，何時歸看浙江潮？

芒鞋破缽無人識，踏過櫻花第幾橋。

蘇曼殊

179

圓善論頌

中西有聖哲，人極賴以立；

圓教種種說，尼父得其實。

牟宗三

180

圓善論歌

牟宗三

儒聖冥寂存天常，孟軻重開日月光，周張明道皆弗違，

朱子伊川反渺茫。象山讀孟而自得，陽明新規亦通方；

四有四無方圓備，圓教有待龍谿揚。

明道五峰不尋常。德福一致渾圓事，一本同體是真圓，

我今重宣最高善，稽首仲尼留憲章。

詞選

詞選 (cí xuǎn)

（詞，本為合樂供歌之「曲子詞」，作者依譜填詞，所謂「調有定格，句有定言，字有定聲」，其平仄韻叶，矩範甚嚴。欲究其詳者，可自取專書深研之，本編暫略，唯略標韻腳。其格範及符號採依龍榆生編撰之「唐宋詞定律」，平韻用○，仄韻用△。其詞牌之有上下闋者，以◎間隔之。）

CD3-1

中晚唐詞 (zhōng wǎn táng cí)

1 菩薩蠻 (pú sà mán)

李白 (lǐ bó)

平林漠漠煙如織△寒山一帶傷心碧△暝色入高樓○有人樓上愁○◎玉階空佇立△宿鳥歸飛急△何處是歸程○長亭更短亭○

「暝」，今音 míng。

2 憶秦娥

李白

簫聲咽△秦娥夢斷秦樓月△秦樓月△年年柳色，霸陵傷別△

○樂遊原上清秋節△咸陽古道音塵絕△音塵絕△西風殘照，漢家陵闕△

3 漁歌子

張志和

西塞山前白鷺飛○桃花流水鱖魚肥○青箬笠，綠蓑衣○斜風細雨不須歸○

4 調笑令　戴叔倫

邊草△邊草△邊草盡來兵老△山南山北雪晴○千里萬里月明○明

月△明月△胡笳一聲愁絕△

5 花非花　白居易

花非花，霧非霧△夜半來，天明去△來如春夢不多時，去似朝

雲無覓處△

6 憶江南　白居易

江南好，風景舊曾諳○日出江花紅勝火，春來江水綠如藍○能

詩歌詞曲選

不憶江南。

江南憶，最憶是杭州。山寺月中尋桂子，郡亭枕上看潮頭。

何日更重遊。

白居易

7 長相思

汴水流。泗水流。流到瓜州古渡頭。吳山點點愁。◎ 思悠悠。恨

悠悠。恨到歸時方始休。月明人倚樓。

白居易

8 憶江南

春去也，多謝洛城人。弱柳從風疑舉袂，叢蘭裛露似沾巾。

劉禹錫

獨坐亦含嚬○

9

菩薩蠻　溫庭筠

小山重疊金明滅△鬢雲欲度香腮雪△嬾起畫蛾眉○弄妝梳洗遲○◎照花前後鏡△花面交相映△新帖繡羅襦○雙雙金鷓鴣○

10

菩薩蠻　溫庭筠

玉樓明月長相憶△柳絲裊娜春無力△門外草萋萋○送君聞馬嘶○◎畫羅金翡翠△香燭銷成淚△花落子規啼○綠窗殘夢迷○

CD3-9　　　　　　CD3-8

11

菩薩蠻
pú·sà·mán

溫庭筠
wēn tíng yún

南園滿地堆輕絮△
nán yuán mǎn dì duī qīng xù

愁聞一霎清明雨△
chóu wén yī shà·qīng míng yǔ

雨後卻斜陽○杏花零落
yǔ·hòu què·xiá yáng xìng huā líng luò

香○◎無言勻睡臉△
xiāng wú yán yún shuì liǎn

枕上屏山掩△時節欲黃昏○無憀獨倚門○
zhěn shàng píng shān yǎn shí jié·yù·huáng hūn wú liáo dú·yǐ mén

12

更漏子
gēng lòu zǐ

溫庭筠
wēn tíng yún

玉爐香，紅蠟淚△偏照畫堂秋思△眉翠薄，
yù·lú xiāng hóng là·lèi piān zhào huà táng qiū sī méi cuì bó

鬢雲殘○夜長衾枕
bìn yún cán yè cháng qīn zhěn

寒○◎梧桐樹△三更雨△不道離情正苦△一葉葉，
hán wú tóng shù sān jīng yǔ bú·dào lí·qíng zhèng kǔ yí·yè·yè

一聲聲○空階
yì·shēngshēng kōng jiē

滴到明○
dī·dào míng

13

夢江南 _{mèng jiāng nán}

溫庭筠 _{wēn tíng yún}

梳洗罷，獨倚望江樓。過盡千帆皆不是，斜暉脈脈水悠悠。
_{shū xǐ bà，dú·yǐ wàng jiāng lóu。guò jìn qiān fān jiē bú·shì，xiá huī mò·mò·mò shuǐ yōu yōu。}

腸斷白蘋洲。
_{cháng duàn bó·pín zhōu。}

CD3-11　　CD3-10

五代詞（wǔ dài cí）

14 菩薩蠻（pú sà mán）　韋莊（wéi zhuāng）

紅樓別夜堪惆悵△香燈半卷流蘇帳△殘月出門時○美人和淚辭○◎琵琶金翠羽△弦上黃鶯語△勸我早歸家○綠窗人似花○

15 菩薩蠻（pú sà mán）　韋莊（wéi zhuāng）

人人盡說江南好△遊人只合江南老△春水碧於天○畫船聽雨眠○◎壚邊人似月△皓腕凝霜雪△未老莫還鄉○還鄉須斷腸○

CD3-14　CD3-13　CD3-12

16 謁金門

韋莊

春雨足△染就一溪新綠△柳外飛來雙羽玉△弄晴相對浴△◎樓外翠簾高軸△倚遍闌干幾曲△雲淡水平煙樹簇△寸心千里目△

17 女冠子

韋莊

四月十七△正是去年今日△別君時○忍淚佯低面，含羞半斂眉○◎不知魂已斷，空有夢相隨○除卻天邊月，沒人知○

18 女冠子

韋莊

昨夜夜半△枕上分明夢見△語多時○依舊桃花面，頻低柳葉

CD3-16　　　　CD3-15

19

生查子

眉○◎半羞還半喜，欲去又依依○覺來知是夢，不勝悲○

牛希濟

春山煙欲收，天淡稀星小△殘月臉邊明，別淚臨清曉△ ◎語
已多、情未了，回首猶重道△記得綠羅裙，處處憐芳草△

20

巫山一段雲

古廟依青嶂，行宮枕碧流○水聲山色鎖妝樓○往事思悠悠○
◎雲雨朝還暮，煙花春復秋○啼猿何必近孤舟○行客自多愁○

李珣

21 訴衷情

顧夐 gù xiòng

永夜抛人何處去？絕來音○香閣掩，眉斂，月將沈○◎爭忍不相尋○怨孤衾○換我心○為你心○始知相憶深○

22 臨江仙

鹿虔扆 lù qián yǐ

金鎖重門荒苑靜，綺窗愁對秋空○翠華一去寂無蹤○玉樓歌吹，聲斷已隨風○◎煙月不知人事改，夜闌還照深宮○藕花相向野塘中○暗傷亡國，清露泣香紅○

CD3-19　CD3-20

23

清平樂

毛熙震

春光欲暮△寂寞閒庭戶△粉蝶雙雙穿檻舞△簾捲晚天疏雨△

◎含愁獨倚閨幃○玉爐煙斷香微○正是銷魂時節，東風滿樹花飛○

24

攤破浣溪沙

李璟

菡萏香銷翠葉殘○西風愁起碧波間○還與韶光共憔悴，不堪看○◎細雨夢回雞塞遠，小樓吹徹玉笙寒○簌簌淚珠多少恨，倚欄杆○

25 攤破浣溪沙　李璟

手捲真珠上玉鉤○依前春恨鎖重樓○風裡落花誰是主？思悠悠○◎青鳥不傳雲外信，丁香空結雨中愁○回首綠波三楚暮，接天流○

「楚」，或作「峽」。

26 虞美人　李煜

春花秋月何時了△往事知多少△小樓昨夜又東風○故國不堪回首月明中○◎雕欄玉砌應猶在△只是朱顏改△問君能有幾多愁○恰似一江春水向東流○

一五〇

27 相見歡 xiāng jiàn huān

李煜 lǐ yù

林花謝了春紅○太匆匆○無奈朝來寒雨晚來風○ ◎胭脂淚△留人

醉△幾時重○自是人生長恨水長東○

「留人醉」，又作「相留醉」。

CD3-23

28 相見歡 xiāng jiàn huān

李煜 lǐ yù

無言獨上西樓○月如鈎○寂寞梧桐深院鎖清秋○ ◎剪不斷△理

還亂△是離愁○別是一般滋味在心頭○

CD3-24

29 望江南 wàng jiāng nán

李煜 lǐ yù

多少恨，昨夜夢魂中○還似舊時遊上苑，車如流水馬如龍○

「望江南」，即「憶江南」之別名。

CD3-25

花月正春風○

30

清平樂・ 李煜・

別來春半△觸目柔腸斷△砌下落梅如雪亂△拂了一身還滿△

◎雁來音信無憑○路遙歸夢難成○離恨恰如春草，更行更遠還生○

31

長相思・

雲一緺○玉一梭○淡淡衫兒薄薄羅○輕顰雙黛螺○◎秋風多○雨

相和○簾外芭蕉三兩棵○夜長人奈何○

32

浪淘沙

李煜

往事只堪哀○對景難排○秋風庭院蘚侵階○一行珠簾閒不捲，

終日誰來○◎金鎖已沈埋○壯氣蒿萊○晚涼天靜月華開○想

得玉樓瑤殿影，空照秦淮○

33

浪淘沙

李煜

簾外雨潺潺○春意闌珊○羅衾不耐五更寒○夢裡不知身是客，

一晌貪歡○◎獨自莫憑欄○無限江山○別時容易見時難○流水

落花春去也，天上、人間○

34 破陣子　李煜

四十年來家國，三千里地山河。鳳閣龍樓連霄漢，瓊枝玉樹作煙蘿。幾曾識干戈。○

一旦歸為臣虜，沈腰潘鬢銷磨。最是倉惶辭廟日，教坊猶奏別離歌。垂淚對宮娥。○

35 鵲踏枝　馮延巳

誰道閒情拋擲久△每到春來，惆悵還依舊△日日花前常病酒△敢辭鏡裡朱顏瘦△◎

河畔青蕪堤上柳△為問新愁，何事年年有△獨立小橋風滿袖△平林新月人歸後△

「鵲踏枝」，宋後又名「蝶戀花」。

此詞，或以為晏
殊作，或以為
歐陽修作。

CD3-31

36

鵲踏枝 què・tà・zhī

馮延巳 féng yán sì

六曲闌干偎碧樹△楊柳風輕，展盡黃金縷△誰把鈿箏移玉
lù qū lán gān wēi bì shù　yáng liǔ fēng qīng　zhǎn jìn huáng jīn lǚ　shuí bǎ diàn zhēng yí yù

柱△穿簾海燕雙飛去△◎滿眼遊絲兼落絮△紅杏開時，一霎
zhù　chuān lián hǎi yàn shuāng fēi qù　mǎn yǎn yóu sī jiān luò・xù　hóng xìng kāi shí　yí・shà

清明雨△濃睡覺來鶯亂語△驚殘好夢無尋處△
qīng míng yǔ　nóng shuì jué lái yīng luàn yǔ　jīng cán hǎo mèng wú xún chù

CD3-32

37

謁金門 yè・jīn mén

馮延巳 féng yán sì

風乍起△吹皺一池春水△閒引鴛鴦香徑裡△手挼紅杏蕊△◎鬥
fēng zhà qǐ　chuī zhòu yì・chí chūn shuǐ　xián yǐn yuān yāng xiāng jìng lǐ　shǒu nuó hóng xìng ruǐ　dòu

鴨闌干獨倚△碧玉搔頭斜墜△終日望君君不至△舉頭聞鵲喜△
yā lán gān dú・yǐ　bì yù sāo tóu xié zhuì　zhōng rì wàng jūn jūn bù zhì　jǔ tóu wén què・xǐ

CD3-33

38 浣溪沙 huàn xī shā

孫光憲 sūn guāng xiàn

蓼岸風多橘柚香。江邊一望楚天長。片帆煙際閃孤光。
liǎo àn fēng duō jú yòu xiāng。jiāng biān yī wàng chǔ tiān cháng。piàn fān yān jì shǎn gū guāng。

◎目送征鴻飛杳杳，思隨流水去茫茫。蘭紅波碧憶瀟湘。
mù sòng zhēng hóng fēi yǎo yǎo，sī suí liú shuǐ qù máng máng。lán hóng bō bì yì xiāo xiāng。

北宋詞
bĕi sòng cí

39 蘇幕遮
sū mù zhē

范仲淹
fàn zhòng yān

碧雲天，黃葉地△秋色連波，波上寒煙翠△山映斜陽天接水△
bì yún tiān　huáng yè dì　qiū sè lián bō　bō shàng hán yān cuì　shān yìng xié yáng tiān jiē shuǐ

芳草無情，更在斜陽外△◎黯鄉魂，追旅思△夜夜除非，好夢
fāng cǎo wú qíng　gèng zài xié yáng wài　　àn xiāng hún　zhuī lǚ sī　yè yè chú fēi　hǎo mèng

留人睡△明月樓高休獨倚△酒入愁腸，化作相思淚△
liú rén shuì　míng yuè lóu gāo xiū dú yǐ　jiǔ rù chóu cháng　huà zuò xiāng sī lèi

40 漁家傲
yú jiā ào

范仲淹
fàn zhòng yān

塞下秋來風景異△衡陽雁去無留意△四面邊聲連角起△千嶂
sài xià qiū lái fēng jǐng yì　héng yáng yàn qù wú liú yì　sì miàn biān shēng lián jué qǐ　qiān zhàng

裏△長煙落日孤城閉△◎濁酒一杯家萬里△燕然未勒歸無計△
lǐ　cháng yān luò rì gū chéng bì　　zhuó jiǔ yì bēi jiā wàn lǐ　yān rán wèi lè guī wú jì

羌管悠悠霜滿地△人不寐△將軍白髮征夫淚△

41

御街行

范仲淹

紛紛墜葉飄香砌△夜寂靜，寒聲碎△真珠簾卷玉樓空，天淡銀河垂地△年年今夜，月華如練，長是人千里△◎愁腸已斷無由醉△酒未到，先成淚△殘燈明滅枕頭敧，諳盡孤眠滋味△都來此事，眉間心上，無計相回避△

42

雨霖鈴

柳永

寒蟬淒切△對長亭晚，驟雨初歇△都門帳飲無緒，方留戀處，

43

蝶戀花 dié · liàn huā

柳永 liǔ yǒng

蘭舟催發△執手相看淚眼，竟無語凝噎。△念去去、千里
煙波，暮靄沉沉楚天闊。△◎多情自古傷離別△更那堪、冷
落清秋節△今宵酒醒何處？楊柳岸、曉風殘月△此去經年，
應是、良辰好景虛設△便縱有、千種風情，更與何人說△

佇倚危樓風細細△望極春愁，黯黯生天際△草色煙光殘照裡△
無言誰會憑欄意△◎擬把疏狂圖一醉△對酒當歌，強樂還無
味△衣帶漸寬終不悔△為伊消得人憔悴△

44 卜算子慢

柳永 liǔ yǒng

江楓漸老，汀蕙半凋，滿目敗紅衰翠△楚客登臨，正是暮秋天氣△引疏砧、斷續殘陽裡△對晚景、傷懷念遠，新愁舊恨相繼◎脈脈人千里△念兩處風情，萬重煙水△雨歇天高，望斷翠峰十二△盡無言、誰會憑高意△縱寫得、離腸萬種，奈歸雲誰寄△

45 望海潮

柳永 liǔ yǒng

東南形勝，三吳都會，錢塘自古繁華。煙柳畫橋，風簾翠

幕，參差十萬人家○雲樹繞堤沙○怒濤卷霜雪，天塹無涯○

市列珠璣，戶盈羅綺競豪奢○◎重湖疊巘清嘉○有三秋桂子，

十里荷花○羌管弄晴，菱歌泛夜，嬉嬉釣叟蓮娃○千騎擁高

牙○乘醉聽簫鼓，吟賞煙霞○異日圖將好景，歸去鳳池誇○

46

八聲甘州

柳永

對瀟瀟暮雨灑江天，一番洗清秋○漸霜　風淒緊，關河冷落，

殘照當樓○是處紅衰翠減，苒苒物華休○惟有長江水，無語

東流○◎不忍登高臨遠，望故鄉渺邈，歸思難收○嘆年來蹤

CD3-42

47

一叢花令　張先

迹，何事苦淹留。想佳人、妝樓顒望；誤幾回、天際識歸舟。爭知我、倚闌干處，正恁凝愁。

傷高懷遠幾時窮。無物似情濃。離愁正引千絲亂，更東陌、飛絮濛濛。嘶騎漸遙，征塵不斷，何處認郎蹤。◎雙鴛池沼水溶溶。南北小橈通。梯橫畫閣黃昏後，又還是、斜月簾櫳。沉恨細思，不如桃杏，猶解嫁東風。

48 天仙子

張先

水調數聲持酒聽△午醉醒來愁未醒△送春春去幾時回？臨晚鏡△傷流景△往事後期空記省△◎沙上並禽池上暝△雲破月來花弄影△重重簾幕密遮燈，風不定△人初靜△明日落紅應滿徑△

49 浣溪沙

晏殊

一曲新詞酒一杯○去年天氣舊亭臺○夕陽西下幾時回○◎無可奈何花落去，似曾相識燕歸來○小園香徑獨徘徊○

50

蝶戀花　晏殊

檻菊愁煙蘭泣露△羅幕輕寒，燕子雙飛去△明月不諳離恨苦△斜光到曉穿朱戶△◎昨夜西風凋碧樹△獨上高樓，望盡天涯路△欲寄彩箋兼尺素△山長水闊知何處△

「彩箋兼尺素」，或作「彩鸞無尺素」。

51

踏莎行　晏殊

小徑紅稀，芳郊綠遍△高臺樹色陰陰見△春風不解禁楊花，濛濛亂撲行人面△◎翠葉藏鶯，珠簾隔燕△爐香靜逐游絲轉△一場愁夢酒醒時，斜陽卻照深深院△

CD3-46　CD3-45

詩歌詞曲選

52

離亭燕 lí tíng yàn

張昇 zhāng shēng

一帶江山如畫△風物向秋瀟灑△水浸碧天何處斷？霽色冷光

相射△蓼嶼荻花洲，掩映竹籬茅舍△ ◎雲際客帆高掛△煙外酒

旗低亞△多少六朝興廢事，盡入漁樵閒話△悵望倚層樓，寒

日無言西下△

53

玉樓春 yù lóu chūn

宋祁 sòng qí

東城漸覺風光好△縠縐波紋迎客棹△綠楊煙外曉寒輕，紅杏

枝頭春意鬧△ ◎浮生長恨歡娛少△肯愛千金輕一笑△為君持酒

「曉寒」，或作「曉雲」。

一六四

勸斜陽，且向花間留晚照△

歐陽修

54

踏莎行

候館梅殘，溪橋柳細△草薰風暖搖征轡△離愁漸遠漸無窮，迢迢不斷如春水△

寸寸柔腸，盈盈粉淚△樓高莫近危欄倚△平蕪盡處是春山，行人更在春山外△

歐陽修

此詞或以為朱淑真作。

55

生查子

去年元夜時，花市燈如晝△月上柳梢頭，人約黃昏後△今

年元夜時，月與燈依舊△不見去年人，淚濕春衫袖△

歐陽修

56

蝶戀花

歐陽修

庭院深深深幾許△楊柳堆煙，簾幕無重數△玉勒雕鞍遊冶處△樓高不見章臺路△◎雨橫風狂三月暮△門掩黃昏，無計留春住△淚眼問花花不語△亂紅飛過秋千去△

57

玉樓春

歐陽修

尊前擬把歸期說△未語春容先慘咽△人生自是有情痴，此恨不關風與月△◎離歌且莫翻新闋△一曲能教腸寸結△直須看盡洛城花，始共春風容易別△

58

浪淘沙 làng táo shā

ōu yáng xiū 歐陽修

把酒祝東風○且共從容○垂楊紫陌洛城東○總是當時攜手處，游遍芳叢○◎聚散苦匆匆○此恨無窮○今年花勝去年紅○可惜明年花更好，知與誰同○

59

桂枝香 guì zhī xiāng

wáng ān shí 王安石

登臨送目△正故國晚秋，天氣初肅△千里澄江似練，翠峰如簇△歸帆去棹殘陽裡，背西風、酒旗斜矗△彩舟雲淡，星河鷺起，畫圖難足△◎念往昔、繁華競逐△嘆門外樓頭，悲恨

詩歌詞曲選

相續△千古憑高對此，謾嗟榮辱△六朝舊事隨流水，但寒煙
芳草凝綠△至今商女，時時猶唱，後庭遺曲△

60

卜算子

王觀

水是眼波橫，山是眉峰聚△欲問行人去那邊？眉眼盈盈處△
◎才始送春歸，又送君歸去△若到江南趕上春，千萬和春住△

61

臨江仙

晏幾道

夢後樓臺高鎖，酒醒簾幕低垂○去年春恨卻來時○落花人
獨立，微雨燕雙飛○記得小蘋初見，兩重心字羅衣○琵琶

一六八

62

「鍾」，古或作「鐘」。

CD3-57

鷓鴣天
zhè gū tiān

晏幾道
yàn jǐ dào

彩袖殷勤捧玉鍾○當年拚卻醉顏紅○舞低楊柳樓心月，歌盡
cǎi xiù yīn qín pěng yù zhōng　dāng nián pàn què zuì yán hóng　wǔ dī yáng liǔ lóu xīn yuè　gē jìn

桃花扇底風○◎從別後，憶相逢○幾回魂夢與君同○今宵剩把
táo huā shàn dǐ fēng　cóng bié hòu　yì xiāng féng　jǐ huí hún mèng yǔ jūn tóng　jīn xiāo shèng bǎ

銀釭照，猶恐相逢是夢中○
yín gāng zhào　yóu kǒng xiāng féng shì mèng zhōng

CD3-58

63

阮郎歸
ruǎn láng guī

晏幾道
yàn jǐ dào

天邊金掌露成霜○雲隨雁字長○綠杯紅袖趁重陽○人情似故
tiān biān jīn zhǎng lù chéng shuāng　yún suí yàn zì cháng　lǜ bēi hóng xiù chèn chóng yáng　rén qíng sì gù

鄉○◎蘭佩紫，菊簪黃○殷勤理舊狂○欲將沉醉換悲涼○清歌
xiāng　lán pèi zǐ　jú zān huáng　yīn qín lǐ jiù kuáng　yù jiāng chén zuì huàn bēi liáng　qīng gē

弦上說·相思○當時明月在，曾照彩雲歸○
xián shàng shuō xiāng sī　dāng shí míng yuè zài　céng zhào cǎi yún guī

「賣花聲」，即
「浪淘沙」之
別格。
「漫」，或讀 mán。

CD3-59

64

賣花聲 mài huā shēng　題岳陽樓 tí yuè yáng lóu

張舜民 zhāng shùn mín

木葉下君山。空水漫漫。十分斟酒斂芳顏。不是渭城西去客，

休唱陽關。◎醉袖撫危欄。天淡雲閒。何人此路得生還。回首

夕陽紅盡處，應是長安。◎

CD3-60

65

水龍吟 shuǐ lóng yín

蘇軾 sū shì

似花還似非花，也無人惜從教墜△拋家傍路，思量卻是，無

情有思△縈損柔腸，困酣嬌眼，欲開還閉△夢隨風萬里，尋

莫斷腸。◎

「又恐」，或作「唯恐」。

CD3-61

66

郎去處，又還被、鶯呼起。△◎不恨此花飛盡，恨西園、落紅難綴△曉來雨過，遺踪何在，一池萍碎△春色三分，二分塵土，一分流水△細看來不是，楊花點點，是離人淚△

水調歌頭　蘇軾

丙辰中秋，歡飲達旦，大醉，作此篇兼懷子由。

明月幾時有？把酒問青天○不知天上宮闕，今夕是何年○我欲乘風歸去△又恐瓊樓玉宇△高處不勝寒○起舞弄清影，何似在人間○◎轉朱閣，低綺戶，照無眠○不應有恨，何事長向

別時圓。人有悲歡離合△月有陰晴圓缺△此事古難全。但願人長久，千里共嬋娟。

67

念奴嬌　赤壁懷古　蘇軾

大江東去，浪淘盡、千古風流人物△故壘西邊，人道是，三國周郎赤壁△亂石崩雲，驚濤拍岸，捲起千堆雪△江山如畫，一時多少豪傑△

◎遙想公瑾當年，小喬初嫁了，雄姿英發△羽扇綸巾，談笑間、檣櫓灰飛煙滅△故國神遊，多情應笑我，早生華髮△人生如夢，一樽還酹江月△

「崩雲」，或作「穿空」。「拍岸」，或作「裂岸」。

CD3-62

CD3-64
CD3-63

68 定風波

蘇軾

莫聽穿林打葉聲○何妨吟嘯且徐行○竹杖芒鞋輕勝馬△誰怕△一蓑煙雨任平生○◎料峭春風吹酒醒△微冷△山頭斜照卻相迎○回首向來蕭瑟處△歸去△也無風雨也無晴○

69 江城子 密州出獵·

蘇軾·

「州」，古或作「洲」。

「胸膽」，或作「胸瞻」。

老夫聊發少年狂○左牽黃○右擎蒼○錦帽貂裘，千騎卷平岡○為報傾城隨太守，親射虎，看孫郎○◎酒酣胸膽尚開張○鬢微霜○又何妨○持節雲中，何日遣馮唐○會挽雕弓如滿月，西

71

蝶戀花

花褪殘紅青杏小△燕子飛時，綠水人家繞△枝上柳綿吹又少△

蘇軾·

70

江城子 乙卯正月二十日夜記夢

北望，射天狼。

十年生死兩茫茫。不思量。自難忘。千里孤墳，無處話淒涼。

縱使相逢應不識，塵滿面，鬢如霜。◎夜來幽夢忽還鄉。小

軒窗。正梳妝。相顧無言，唯有淚千行。料得年年腸斷處，

明月夜，短松岡。

蘇軾·

72

天涯何處無芳草△　◎牆裡秋千牆外道△牆外行人，牆裡佳人

笑△笑漸不聞聲漸悄△多情卻被無情惱△

蘇軾

永遇樂·　彭城夜宿燕子樓，夢盼盼，因作此詞。

明月如霜，好風如水，清景無限△曲港跳魚，圓荷瀉露

寂寞無人見△紞如三鼓，鏗然一葉，黯黯夢雲驚斷△夜茫茫，

重尋無處，覺來小園行遍△◎天涯倦客，山中歸路，望斷

故園心眼△燕子樓空，佳人何在，空鎖樓中燕△古今如夢，何

曾夢覺，但有舊歡新怨△異時對、黃樓夜景，為余浩歎△

CD3-69 CD3-68

73

卜算子

bǔ·suàn zǐ

李之儀
lǐ zhī yí

我住長江頭，
wǒ zhù cháng jiāng tóu

君住長江尾△
jūn zhù cháng jiāng wěi

日日思君不見君，
rì·rì·sī jūn bú·jiàn jūn

共飲長江水△
gòng yǐn cháng jiāng shuǐ

◎此水幾時休，
cǐ shuǐ jǐ shí xiū

此恨何時已△
cǐ hèn hé shí yǐ

只願君心似我心，
zhǐ yuàn jūn xīn sì wǒ xīn

定不負相思意△
dìng bú·fù xiāng sī yì

74

清平樂·

qīng píng lè

黃庭堅
huáng tíng jiān

春歸何處△
chūn guī hé chù

寂寞無行路△
jì·mò·wú xíng lù

若有人知春去處△
ruò·yǒu rén zhī chūn qù chù

喚取歸來同住△◎
huàn qǔ guī lái tóng zhù

春無蹤迹誰知○
chūn wú zōng jì shuí zhī

除非問取黃鸝○
chú fēi wèn qǔ huáng lí

百囀無人能解，
bǎi zhuàn wú rén néng jiě

因風飛過
yīn fēng fēi guò

薔薇○
qiáng wēi

一七六

75

八六子　bā · liù · zǐ

秦觀　qín guān

倚危亭　yǐ wēi tíng ○恨　hèn 如　rú 芳草　fāng cǎo ，萋萋　qī qī 剗盡　chǎn jìn 還生　huán shēng ○念　niàn 柳外　liǔ wài 青驄　qīng cōng 別後　bié · hòu ，水邊　shuǐ biān

紅袂分時　hóng mèi fēn shí ，愴然暗驚　chuàng rán àn jīng ○◎無端天與娉婷　wú duān tiān yǔ pīng tíng ○夜月　yè yuè · 一簾幽夢　yì lián yōu mèng ，春　chūn

風十里柔情　fēng shí · lǐ róu qíng ○怎奈向　zěn nài xiàng 、歡娛漸隨流水　huān yú jiàn suí liú shuǐ 。素弦聲斷　sù xián shēng duàn ，翠綃香　cuì xiāo xiāng

減　jiǎn ，那堪片片飛花弄晚　nǎ kān piàn piàn fēi huā nòng wǎn ，濛濛殘雨籠晴　méng méng cán yǔ lóng qíng ○正銷凝　zhèng xiāo níng ○黃鸝又啼　huáng lí yòu tí

數聲　shù shēng ○

76

滿庭芳　mǎn tíng fāng

秦觀　qín guān

山抹微雲　shān mǒ · wēi yún ，天連衰草　tiān lián shuāi cǎo ，畫角　huà jué · 聲斷譙門　shēng duàn qiáo mén ○暫停征棹　zàn tíng zhēng zhào ，聊共引　liáo gòng yǐn

「萊」，古或作「來」。

「萬點」，或作「數點」。

CD3-72

離樽○多少蓬萊舊事，空回首、煙靄紛紛○斜陽外，寒鴉萬點，流水繞孤村○◎銷魂○當此際，香囊暗解，羅帶輕分○謾贏得青樓，薄倖名存○此去何時見也？襟袖上，空惹啼痕○傷情處，高城望斷，燈火已黃昏○

秦觀
qín guān

77

鵲橋仙
què・qiáo xiān

纖雲弄巧，飛星傳恨，銀漢迢迢暗度△金風玉露一相逢，便勝卻、人間無數△柔情似水，佳期如夢，忍顧鵲橋歸路△兩情若是久長時，又豈在、朝朝暮暮△

CD3-74   CD3-73

79

浣溪沙
huàn xī shā

漠漠輕寒上小樓○曉陰無賴似窮秋○淡煙流水畫屏幽○
mò mò qīng hán shàng xiǎo lóu xiǎo yīn wú lài sì qióng qiū dàn yān liú shuǐ huà píng yōu

自在
zì zài

飛花輕似夢，無邊絲雨細如愁○寶簾間掛小銀鉤○
fēi huā qīng sì mèng wú biān sī yǔ xì rú chóu bǎo lián xián guà xiǎo yín gōu

秦觀
qín guān

78

踏莎行
tà suō xíng

霧失樓臺，月迷津渡△桃源望斷無尋處△可堪孤館閉春寒，杜
wù shī lóu tái yuè mí jīn dù táo yuán wàng duàn wú xún chù kě kān gū guǎn bì chūn hán dù

鵑聲裡斜陽暮△◎驛寄梅花，魚傳尺素△砌成此恨無重數△郴
juān shēng lǐ xié yáng mù yì jì méi huā yú chuán chǐ sù qì chéng cǐ hèn wú chóng shù chēn

江幸自繞郴山，為誰流下瀟湘去△
jiāng xìng zì rào chēn shān wèi shuí liú xià xiāo xiāng qù

秦觀
qín guān

80

浣溪沙
huàn xī shā

周邦彥
zhōu bāng yàn

樓上晴天碧四垂。樓前芳草接天涯。勸君莫上最高梯。◎新筍
lóu shàng qíng tiān bì sì chuí　lóu qián fāng cǎo jiē tiān yá　quàn jūn mò shàng zuì gāo tī　xīn sǔn

已成堂下竹，落花都上燕巢泥。忍聽林表杜鵑啼。
yǐ chéng táng xià zhú　luò huā dōu shàng yàn cháo ní　rěn tīng lín biǎo dù juān tí

CD3-75

81

「燎」，或讀liào。
後仿此。

蘇幕遮
sū mù zhē

周邦彥
zhōu bāng yàn

燎沉香，消溽暑△鳥雀呼晴，侵曉窺簷語△葉上初陽乾宿雨△
liáo chén xiāng　xiāo rù shǔ　niǎo què hū qíng　qīn xiǎo kuī yán yǔ　yè shàng chū yáng gān sù yǔ

水面清圓，一一風荷舉△◎故鄉遙，何日去△家住吳門，久
shuǐ miàn qīng yuán　yī yī fēng hé jǔ　gù xiāng yáo　hé rì qù　jiā zhù wú mén　jiǔ

作長安旅△五月漁郎相憶否△小楫輕舟，夢入芙蓉浦。
zuò cháng ān lǚ　wǔ yuè yú láng xiāng yì fǒu　xiǎo jí qīng zhōu　mèng rù fú róng pǔ

CD3-76

82

水調歌頭

葉夢得

九月望日，與客習射西園，余偶病不能射。

霜降碧天靜，秋事促西風。寒聲隱地初聽，中夜入梧桐。起瞰高城回望，寥落關河千里，一醉與君同。疊鼓鬧清曉，飛騎引雕弓。

歲將晚，客爭笑，問衰翁。平生豪氣安在？走馬為誰雄。何似當筵虎士，揮手弦聲響處，雙雁落遙空。老矣真堪愧，回首望雲中。

83

如夢令

李清照

常記溪亭日暮△沉醉不知歸路△興盡晚回舟，誤入藕花深處△

爭渡△爭渡△驚起一灘鷗鷺△

84

如夢令

李清照

昨夜雨疏風驟△濃睡不消殘酒△試問捲簾人，卻道海棠依舊△

知否△知否△應是綠肥紅瘦△

85

鳳凰臺上憶吹簫

李清照

香冷金猊，被翻紅浪，起來慵自梳頭○任寶奩塵滿，日上

CD3-81

86

一剪梅 yì·jiǎn méi

李清照 lǐ qīng zhào

紅藕香殘玉簟秋。輕解羅裳，獨上蘭舟。雲中誰寄錦書來？雁字回時，月滿西樓。◎花自飄零水自流。一種相思，兩處閒愁。此情無計可消除，才下眉頭，卻上心頭。

簾鉤。生怕離懷別苦，多少事、欲說還休。新來瘦，非干病酒、不是悲秋。◎休休。這回去也，千萬遍陽關，也則難留。念武陵人遠，煙鎖秦樓。惟有樓前流水，應念我、終日凝眸。凝眸處，從今又添、一段新愁。

87 醉花陰

李清照

薄霧濃雲愁永晝△瑞腦消金獸△佳節又重陽，玉枕紗廚，半夜涼初透△◎東籬把酒黃昏後△有暗香盈袖△莫道不銷魂，簾捲西風，人比黃花瘦△

88 武陵春

李清照

風住塵香花已盡，日晚倦梳頭○物是人非事事休○欲語淚先流○◎聞說雙溪春尚好，也擬泛輕舟○只恐雙溪舴艋舟○載不動、許多愁○

89

聲聲慢
shēng shēng màn

李清照
lǐ qīng zhào

尋尋覓覓△冷冷清清，
xún xún mì mì lěng lěng qīng qīng

淒淒慘慘戚戚△乍暖還寒時候，最難
qī qī cǎn cǎn qī qī zhà nuǎn huán hán shí hòu zuì nán

將息△三杯兩盞淡酒，怎敵他、晚來風急△雁過也，正傷心、
jiāng xī sān bēi liǎng zhǎn dàn jiǔ zěn dí tā wǎn lái fēng jí zhèngshāng xīn

卻是舊時相識△◎滿地黃花堆積△憔悴損，如今有誰堪摘△
què shì jiù shí xiāng shí mǎn dì huáng huā duī jī qiáo cuì sǔn rú jīn yǒu shuí kān zhě

守著窗兒，獨自怎生得黑△梧桐更兼細雨，到黃昏、點點
shǒu zhe chuāng er dú zì zěn shēng dé hē wú tóng gèng jiān xì yǔ dào huáng hūn diǎn diǎn

滴滴△這次第，怎一個愁字了得△
dī dī zhè cì dì zěn yí gè chóu zì liǎo dé

南宋詞
nán sòng cí

90 臨江仙
lín jiāng xiān

陳與義
chén yǔ yì

憶昔午橋橋上飲，座中多是豪英○長溝流月去無聲○杏花疏
yì xī wǔ qiáo qiáo shàng yǐn，zuò zhōng duō shì háo yīng cháng gōu liú yuè qù wú shēng xìng huā shū

影裏，吹笛到天明。◎二十餘年如一夢，此身雖在堪驚○閒登
yǐng lǐ，chuī dí dào tiān míng。èr shí yú nián rú yí mèng，cǐ shēn suī zài kān jīng xián dēng

小閣看新晴○古今多少事，漁唱起三更○
xiǎo gé kàn xīn qíng gǔ jīn duō shǎo shì，yú chàng qǐ sān gēng

CD3-85

「更」，今音
gèng，gěng，
此處採文讀韻
音。以下同。

91 滿江紅
mǎn jiāng hóng

岳飛
yuè fēi

怒髮沖冠，憑欄處、瀟瀟雨歇△抬望眼、仰天長嘯，壯懷
nù fà chōng guān，píng lán chù、xiāo xiāo yǔ xiē tái wàng yǎn、yǎng tiān cháng xiào，zhuàng huái

激烈△三十功名塵與土，八千里路雲和月△莫等閒、白了少
jī liè sān shí gōng míng chén yǔ tǔ，bā qiān lǐ lù yún hé yuè mò děng xián、bó liǎo shào

CD3-86

年頭，空悲切。◎靖康恥，猶未雪。臣子恨，何時滅。駕長車，踏破賀蘭山缺。壯志饑餐胡虜肉，笑談渴飲匈奴血。待從頭、收拾舊山河，朝天闕。

92

釵頭鳳

陸游

紅酥手，黃滕酒，滿城春色宮牆柳。東風惡，歡情薄。一懷愁緒，幾年離索。錯、錯、錯。

春如舊，人空瘦，淚痕紅浥鮫綃透。桃花落，閒池閣。山盟雖在，錦書難託。莫、莫、莫。

93 卜算子 詠梅
陸游

驛外斷橋邊，寂寞開無主△已是黄昏獨自愁，更著風和雨△

◎無意苦爭春，一任群芳妒△零落成泥碾作塵，只有香如故△

94 訴衷情
陸游

當年萬里覓封侯○匹馬戍梁州○關河夢斷何處？塵暗舊貂裘○

◎胡未滅，鬢先秋○淚空流○此生誰料，心在天山，身老滄洲○

95 摸魚兒
辛棄疾

更能消、幾番風雨△匆匆春又歸去△惜春長怕花開早，何況

96

水龍吟 shuǐ lóng yín

辛棄疾 xīn qì jí

楚天千里清秋，水隨天去秋無際。遙岑遠目，獻愁供恨，玉簪螺髻。落日樓頭，斷鴻聲裡，江南遊子。把吳鉤看了，

落紅無數。春且住、見說道，天涯芳草無歸路。怨春不語。算只有殷勤，畫簷蛛網，盡日惹飛絮。◎長門事、準擬佳期又誤。蛾眉曾有人妒。千金縱買相如賦，脈脈此情誰訴。君莫舞、君不見，玉環飛燕皆塵土。閒愁最苦。休去倚危闌，斜陽正在，煙柳斷腸處。

欄杆拍遍，無人會，登臨意△◎休說鱸魚堪膾△盡西風、季
鷹歸未△求田問舍，怕應羞見，劉郎才氣△可惜流年，憂愁風
雨，樹猶如此△倩何人喚取，紅巾翠袖，搵英雄淚△

97

菩薩蠻　書江西造口壁．

鬱孤臺下清江水△中間多少行人淚△西北望長安○可憐無數
山○◎青山遮不住△畢竟東流去△江晚正愁余△山深聞鷓鴣○

辛棄疾．

98

祝英臺近　晚春

寶釵分、桃葉渡，煙柳暗南浦△怕上層樓，十日九風雨△斷腸

辛棄疾

片片飛紅，都無人管，更誰勸、流鶯聲住。◎鬢邊覷△試把花卜歸期，才簪又重數△羅帳燈昏，哽咽夢中語△是他春帶愁來，春歸何處？卻不解，帶將愁去△

99

青玉案　元夕　　辛棄疾

東風夜放花千樹△更吹落、星如雨△寶馬雕車香滿路△鳳簫聲動，玉壺光轉，一夜魚龍舞△◎蛾兒雪柳黃金縷△笑語盈盈暗香去。眾裡尋他千百度△驀然回首，那人卻在，燈火闌珊處△

100 清平樂·村居

辛棄疾

茅簷低小△溪上青青草△醉裡吳音相媚好△白頭誰家翁媼△

◎大兒鋤豆溪東○中兒正織雞籠○最喜小兒亡賴，溪頭看剝蓮蓬○

「看」，或作「臥」。

CD3-95

101 賀新郎

辛棄疾

綠樹聽鵜鴃△更那堪、鷓鴣聲住，杜鵑聲切△啼到春歸無尋處，苦恨芳菲都歇△算未抵、人間離別△馬上琵琶關塞黑，更長門翠輦辭金闕△看燕燕、送歸妾△

◎將軍百戰身名裂△向

CD3-96

CD3-97

102

賀新郎

辛棄疾

河梁、回頭萬里，故人長絕△易水蕭蕭西風冷，滿座衣冠似雪△正壯士、悲歌未徹△啼鳥還知如許恨，料不啼清淚長啼血△誰共我、醉明月△

甚矣吾衰矣△悵平生、交遊零落，只今餘幾△白髮空垂三千丈，一笑人間萬事△問何物、能令公喜△我見青山多嫵媚，料青山見我應如是△情與貌、略相似◎一尊搔首東窗裡△想淵明、停雲詩就，此時風味△江左沉酣求名者，豈識濁醪

妙理△回首叫、雲飛風起△不恨古人吾不見，恨古人不見吾

狂耳△知我者、二三子△

辛棄疾

103

西江月 夜行黃沙道中

明月別枝驚鵲，清風半夜鳴蟬○稻花香裡說豐年○聽取蛙聲

一片△◎七八個星天外，兩三點雨山前○舊時茅店社林邊○路

轉溪橋忽見△

辛棄疾

104

西江月 遣興

醉裡且貪歡笑，要愁那得功夫○近來始覺古人書○信著全無

「醜奴兒」乃「采桑子」之異名。

手推松曰去△

是處△。◎昨夜松邊醉倒，問松我醉何如。只疑松動要來扶。以

105

醜奴兒

書博山道中壁

少年不識愁滋味，愛上層樓。愛上層樓。為賦新詞強說愁。

◎而今識盡愁滋味，欲說還休。欲說還休。卻道天涼好個秋。

辛棄疾

106

破陣子

為陳同甫賦壯詞以寄

醉裡挑燈看劍，夢回吹角連營。八百里分麾下炙，五十絃

翻塞外聲。沙場秋點兵。◎馬作的盧飛快，弓如霹靂弦驚。了

辛棄疾

CD3-102

卻君王天下事，贏得生前身後名。可憐白髮生。

107

永遇樂　京口北固亭懷古　　辛棄疾

千古江山，英雄無覓，孫仲謀處。舞榭歌臺，風流總被，雨打風吹去。斜陽草樹，尋常巷陌，人道寄奴曾住。想當年、金戈鐵馬，氣吞萬里如虎。元嘉草草，封狼居胥，贏得倉皇北顧。四十三年，望中猶記，烽火揚州路。可堪回首，佛貍祠下，一片神鴉社鼓。憑誰問、廉頗老矣，尚能飯否。

「烽火」，或作「燈火」。

108

南鄉子　登京口北固亭有懷　辛棄疾

何處望神州○滿眼風光北固樓○千古興亡多少事？悠悠○不盡

長江滾滾流○◎年少萬兜鍪○坐斷東南戰未休○天下英雄誰

敵手？曹劉○生子當如孫仲謀○

109

點絳脣　姜夔

燕雁無心，太湖西畔隨雲去△數峰清苦△商略黃昏雨△◎第四

橋邊，擬共天隨住△今何許△憑欄懷古△殘柳參差舞△

110

念奴嬌

姜夔

鬧紅一舸，記來時、嘗與鴛鴦為侶△三十六陂人未到，水佩
風裳無數△翠葉吹涼，玉容銷酒，更灑菰蒲雨△嫣然搖動，
冷香飛上詩句△◎日暮青蓋亭亭，情人不見，爭忍凌波去△只
恐舞衣寒易落，愁入西風南浦△高柳垂陰，老魚吹浪，留我
花間住△田田多少，幾回沙際歸路△

111

揚州慢

姜夔

淳熙丙申至日，予過維揚。夜雪初霽，薺麥彌望。入其城，則四顧蕭

條，寒水自碧，暮色漸起，戍角悲吟。予懷愴然，感慨今昔，因自度此

曲。千岩老人以為有黍離之悲也。

淮左名都，竹西佳處，解鞍少駐初程。過春風十里，盡薺

麥青青。自胡馬、窺江去後，廢池喬木，猶厭言兵。漸黃昏、

清角吹寒，都在空城。◎杜郎俊賞，算而今、重到須驚。縱豆

蔻詞工，青樓夢好，難賦深情。二十四橋仍在，波心蕩、冷

月無聲。念橋邊紅藥，年年知為誰生。

112

沁園春　夢孚若・　　　　　　　劉克莊

何處相逢？登寶釵樓，訪銅雀臺。喚廚人斫就，東溟鯨膾；圉人呈罷，西極龍媒。天下英雄，使君與操，餘子誰堪共酒杯。車千乘，載燕南趙北，劍客奇才。◎飲酣畫鼓如雷。誰信被晨雞輕喚回。嘆年光過盡，功名未立；書生老去，機會方來。使李將軍，遇高皇帝，萬戶侯何足道哉。披衣起，但淒涼感舊，慷慨生哀。

113

風入松　吳文英
fēng rù sōng　wú wén yīng

聽風聽雨過清明。愁草瘞花銘。樓前綠暗分攜路，一絲柳、
tīng fēng tīng yǔ guò qīng míng　chóu cǎo yì huā míng　lóu qián lǜ àn fēn xié lù　yì sī liǔ

一寸柔情。料峭春寒中酒，交加曉夢啼鶯。◎西園日日掃林
yí cùn róu qíng　liào qiào chūn hán zhòng jiǔ　jiāo jiā xiǎo mèng tí yīng　xī yuán rì rì sǎo lín

亭。依舊賞新晴。黃蜂頻撲秋千索，有當時、纖手香凝。
tíng　yī jiù shǎng xīn qíng　huáng fēng pín pū qiū qiān suǒ　yǒu dāng shí　xiān shǒu xiāng níng

惆悵雙鴛不到，幽階一夜苔生。◎
chóu chàng shuāng yuān bú dào　yōu jiē yí yè tái shēng

114

唐多令　吳文英
táng duō lìng　wú wén yīng

「也」為襯字。

何處合成愁。離人心上秋。縱芭蕉不雨也颼颼。都道晚涼天
hé chù hé chéng chóu　lí rén xīn shàng qiū　zòng bā jiāo bú yǔ yě sōu sōu　dōu dào wǎn liáng tiān

氣好，有明月，怕登樓。◎年事夢中休。花空煙水流。燕辭歸、
qì hǎo　yǒu míng yuè　pà dēng lóu　nián shì mèng zhōng xiū　huā kōng yān shuǐ liú　yàn cí guī

115

沁園春 問杜鵑

陳人傑

客尚淹留。垂柳不縈裙帶住，漫長是，繫行舟。為問杜鵑，抵死催歸，汝胡不歸。似遼東白鶴，尚尋華表；海中玄鳥，猶記烏衣。吳蜀非遙，羽毛自好，合趁東風飛向西。何為者，卻身羈荒樹，血灑芳枝。

興亡常事休悲。算人世榮華都幾時。看錦江好在，臥龍已矣，玉山無恙，躍馬何之。不解自寬，徒然相勸，我輩行藏君豈知。閩山路，等封侯事了，歸去非遲。

「酹江月」乃「念奴嬌」之異名。此詞次東坡「大江東去」韻。

CD4-4

CD4-3

117

116

酹江月·
lèi jiāng yuè

wén tiān xiáng
文天祥

乾坤能大，
qián kūn néng dà

算蛟龍、
suàn jiāo lóng

原不是池中物△
yuán bù shì chí zhōng wù

風雨牢愁無著處，那
fēng yǔ láo chóu wú zhuó chù　nǎ

更寒蛩四壁△
gèng hán qióng sì bì

橫槊題詩，
héng shuò tí shī

登樓作賦，
dēng lóu zuò fù

萬事空中雪△江流如
wàn shì kōng zhōng xuě　jiāng liú rú

此，方來還有英傑△◎
cǐ　fāng lái huán yǒu yīng jié

堪笑一葉飄零，
kān xiào yí yè piāo líng

重來淮水，正涼風新
chóng lái huái shuǐ　zhèng liáng fēng xīn

發△鏡裡朱顏都變盡，
fā　jìng lǐ zhū yán dōu biàn jìn

只有丹心難滅△去去龍沙，江山回首，
zhǐ yǒu dān xīn nán miè　qù qù lóng shā　jiāng shān huí shǒu

一線青如髮△故人應念，杜鵑枝上殘月△
yí xiàn qīng rú fà　gù rén yīng niàn　dù juān zhī shàng cán yuè

賀新郎·
hè xīn láng

兵後寓吳
bīng hòu yù wú

jiǎng jié
蔣捷

深閣簾垂繡△記家人、軟語燈邊，
shēn gé lián chuí xiù　jì jiā rén　ruǎn yǔ dēng biān

笑渦紅透△萬疊城頭哀怨
xiào wō hóng tòu　wàn dié chéng tóu āi yuàn

118

角，吹落霜花滿袖△影廝伴、東奔西走△望斷鄉關知何處，

羨寒鴉、到著黃昏後△一點點、歸楊柳△◎相看只有山如舊△

歎浮雲、本是無心，也成蒼狗△明日枯荷包冷飯，又過前頭

小阜△趁未發、且嘗村酒△醉探枵囊毛錐在，問鄰翁、要寫牛

經否△翁不應，但搖手△

聲聲慢 秋聲　蔣捷

黃花深巷，紅葉低窗，淒涼一片秋聲○豆雨聲來，中間夾帶

風聲○疏疏二十五點，麗譙門、不鎖更聲○故人遠、問誰

119

搖玉佩，簷底鈴聲。◎彩角聲吹月墜，漸連營馬動，四起笳聲。閃爍鄰燈，燈前尚有砧聲。知他訴愁到曉，碎噥噥、多少蛩聲。訴未了、把一半、分與雁聲。

一剪梅

舟過吳江

蔣捷

一片春愁待酒澆。江上舟搖。樓上簾招。秋娘渡與泰娘橋。風又飄飄。雨又瀟瀟。◎何日歸家洗客袍。銀字笙調。心字香燒。流光容易把人拋。紅了櫻桃。綠了芭蕉。

120

虞美人 yú měi rén
聽雨 tīng yǔ

蔣捷 jiǎng jié·

少年聽雨歌樓上△ shào nián tīng yǔ gē lóu shàng 紅燭昏羅帳△ hóng zhú·hūn luó zhàng 壯年聽雨客舟中○ zhuàng nián tīng yǔ kè·zhōu zhōng 江闊雲 jiāng kuò·yún

低、斷雁叫西風○ dī duàn yàn jiào xī fēng ◎而今聽雨僧廬下△ ér jīn tīng yǔ sēng lú xià 鬢已星星也△ bìn yǐ xīng xīng yě 悲歡離 bēi huān lí

合總無情○ hé·zǒng wú qíng 一任階前、 yí·rèn jiē qián 點滴到天明○ diǎn dī·dào tiān míng

121

高陽臺 gāo yáng tái
西湖春感 xī hú chūngǎn

張炎 zhāng yán

接葉巢鶯， jiē·yè·cháo yīng 平波卷絮， píng bō juǎn xù 斷橋斜日歸船○能幾番遊， duàn qiáo xié rì·guī chuán néng jǐ fān yóu 看花又 kàn huā yòu

是明年○東風且伴薔薇住， shì míng nián dōng fēng qiě bàn qiáng wēi zhù 到薔薇、 dào qiáng wēi 春已堪憐○更淒然、萬 chūn yǐ kān lián gèng qī rán wàn

綠西泠， lù xī líng 一抹荒煙○ yì·mǒ huāng yān ◎當年燕子知何處？但苔深韋曲， dāng nián yàn zǐ zhī hé chù dàn tái shēn wéi qū 草暗 cǎo àn

122

青玉案 qīng yù·àn

無名氏 wú míng shì

斜川○見說 新愁，如今也到鷗邊○無心再續笙歌夢，掩重門、
xiá chuān jiàn shuō·xīn chóu rú jīn yě dào ōu biān wú xīn zài xù·shēng gē mèng yǎn chóng mén

淺醉閒眠○莫開簾、怕見飛花，怕聽啼鵑○
qiǎn zuì xián mián mò·kāi lián pà jiàn fēi huā pà tīng tí juān

年年社日停針線△怎忍見，雙飛燕△今日江城春已半△一身
nián nián shè·rì·tíng zhēn xiàn zěn rěn jiàn shuāng fēi yàn jīn·rì·jiāng chéng chūn yǐ bàn yì·shēn

猶在，亂山深處，寂寞溪橋畔△◎春衫著破誰針線△點點行
yóu zài luàn shān shēn chù jì·mò·xī qiáo pàn chūn shān zhuó·pò shuí zhēn xiàn diǎn diǎn háng

行淚痕滿△落日解鞍芳草岸△花無人戴，酒無人勸，醉也無
háng lèi hén mǎn luò·rì·jiě ān fāng cǎo àn huā wú rén dài jiǔ wú rén quàn zuì yě wú

人管△
rén guǎn

123

眼兒媚

無名氏

楊柳絲絲弄輕柔。煙縷織成愁。海棠未雨，梨花先雪，一半春休。◎而今往事難重省，舊夢繞秦樓。相思只在，丁香枝上，豆蔻梢頭。

124

鷓鴣天　春閨

無名氏

枝上柳鶯和淚聞。新啼痕間舊啼痕。一春魚雁無消息，千里關山勞夢魂。◎無一語，對芳樽。安排腸斷到黃昏。甫能炙得燈兒了，雨打梨花深閉門。

金元詞

125 木蘭花慢

元好問

流年春夢過，記書劍，入西州。對得意江山，十千沽酒，著處歡遊。興亡事、天也老；盡消沉、不盡古今愁。落日霸陵原上，野煙凝碧池頭。◎

風聲習氣想風流。終擬覓蒐裘。待射虎南山，短衣匹馬，騰踏清秋。黃塵道、何時了，料故人、應也怪遲留。只問寒沙過雁，幾番王粲登樓。

126

臨江仙 自洛陽往孟津道中作

元好問

今古北邙山下路，黃塵老盡英雄。人生長恨水長東。幽懷誰共語，遠目送歸鴻。◎蓋世功名將底用，從前錯怨天公。浩歌一曲酒千鍾○男兒行處是，未要論窮通○

127

滿江紅 金陵懷古

薩都剌

六代豪華，春去也、更無消息△空悵望、山川形勝，已非疇昔△王謝堂前雙燕子，烏衣巷口曾相識△聽夜深、寂寞打孤城，春潮急△◎思往事、愁如織△懷故國，空陳迹△但荒煙衰

128

百字令　登石頭城

薩都剌

石頭城上，望天低吳楚，眼空無物△指點六朝形勝地，唯有青山如壁△蔽日旌旗，連雲檣櫓，白骨紛如雪△一江南北，消磨多少豪傑△◎

寂寞避暑離宮，東風輦路，芳草年年發△落日無人松徑裡，鬼火高低明滅△歌舞樽前，繁華鏡裡，暗換青青髮△傷心千古，秦淮一片明月△

草，亂鴉斜日△玉樹歌殘秋露冷，胭脂井壞寒螿泣△到如今、只有蔣山青，秦淮碧△

129

木蘭花慢 mù·lán huā màn

彭城懷古 péng chéng huái gǔ

薩都剌 sà·dū lǎ·

古徐州形勝，消磨盡、幾英雄。想鐵甲重瞳，烏騅汗血，玉帳連空。楚歌八千兵散，料夢魂、應不到江東。空有黃河如帶，亂山回合雲龍。◎

漢家陵闕起秋風。禾黍滿關中。更戲馬臺荒，畫眉人遠，燕子樓空。人生百年寄耳，且開懷、一飲盡千鍾。回首荒城斜日，倚欄目送飛鴻。◎

CD4-16

明清詞

130 水龍吟

劉基

雞鳴風雨瀟瀟，側身天地無劉表△啼鵑迸淚，落花飄恨，斷

魂飛繞△月暗雲霄，星沈煙水，角聲清裊△問登樓王粲，鏡

中白髮，今宵又添多少△◎極目鄉關何處？渺青山、髻螺低

小△幾回好夢，隨風歸去，被渠遮了△寶瑟弦僵，玉笙指泠，

冥鴻天杪△但侵階莎草，滿庭綠樹，不知昏曉△

131 臨江仙

清初，毛宗崗父子改編《三國演義》，取此詞置卷首，因而流傳甚廣。

楊慎

滾滾長江東逝水，浪花淘盡英雄○是非成敗轉頭空○青山依舊在，幾度夕陽紅○◎白髮漁樵江渚上，慣看秋月春風○一杯濁酒喜相逢○古今多少事，都付笑談中○

132 蝶戀花

王夫之

袁柳

為問西風因底怨△百轉千回，苦要情絲斷△葉葉飄零都不管△回塘早似天涯遠△◎陣陣寒鴉飛影亂△總趁斜陽，誰肯還留戀△夢裡鵝黃拖錦線△春光難借寒蟬喚△

133

二郎神 燕子磯秋眺

朱一是

岷峨萬里△見渺渺、水流東去△指遠近關山，參差宮闕，起

滅長空煙霧△南望滄溟天邊影，辨不出、微茫盡處△嘆三楚

英雄，六朝王霸，消沉無數△ ◎ 從古△長江天塹，飛艎難渡△

自玉樹歌殘，金蓮舞罷，倏忽飛烏走兔△燕子堂前，鳳凰臺

畔，冷落丹楓白露△但坐看、狎鷗隨浪漁父，扁舟朝暮△

134

金縷曲（二首）

顧貞觀

寄吳漢槎寧古塔，以詞代書。丙辰冬寓京師千佛寺冰雪中作。

CD4-22

季子平安否△便歸來、平生萬事，那堪回首△行路悠悠誰慰

藉？母老家貧子幼△記不起、從前杯酒△魑魅搏人應見慣，總

輸他覆雨翻雲手△冰與雪、周旋久△◎淚痕莫滴牛衣透△數天

涯、依然骨肉，幾家能夠△比似紅顏多命薄，更不如今還有△

只絕塞、苦寒難受△廿載包胥承一諾，盼烏頭馬角終相救△

置此札、君懷袖△

我亦飄零久△十年來、深恩負盡，死生師友△宿昔齊名非忝

竊，試看杜陵消瘦△曾不減、夜郎僝僽△薄命長辭知己別，

梁汾，顧貞觀
字。

CD4-23

135

問人生到此淒涼否△千萬恨，從君剖△◎兄生辛未吾丁丑△共些時、冰霜摧折，早衰蒲柳△詞賦從今須少作，留取心魂相守△但願得、河清人壽△歸日急翻行戍稿，把空名料理傳身後△言不盡、觀頓首△

金縷曲·贈梁汾

納蘭性德·

德也狂生耳△偶然間、緇塵京國，烏衣門第△有酒惟澆趙州土，誰會成生此意△不信道、竟逢知己△青眼高歌俱未老，向尊前、拭盡英雄淚△君不見，月如水△◎共君此夜須沈醉△

136

金縷曲 · 亡婦忌日有感

納蘭性德

此恨何時已△滴空階、寒更雨歇，葬花天氣△三載悠悠魂夢
杳，是夢久應醒矣△料也覺、人間無味△不及夜臺塵土隔，
冷清清、一片埋愁地△鈿釵約、竟拋棄△

重泉若有雙魚寄△好知他、年來苦樂，與誰相倚△我自終宵成轉側，忍聽湘

且由他、蛾眉謠諑，古今同忌△身世悠悠何足問，冷笑置之
而已△尋思起、從頭翻悔△一日心期千劫在，後身緣、恐結他
生裏△然諾重，君須記△

137

弦重理△待結個、他生知己△還怕兩人俱薄命，再緣慳、剩
月寒風裡△清淚盡，紙灰起△

納蘭性德

蝶戀花 出塞

今古山河無定據△畫角聲中，牧馬頻來去△滿目荒涼誰可
語△西風吹老丹楓樹△◎從前幽怨應無數△鐵馬金戈，青塚黃
昏路△一往情深深幾許△深山夕照深秋雨△

138

高陽臺

陳澧

新曙湖山，釀寒城郭，釣船猶擱圓沙○短策行吟，何曾負

CD4-27

139

了韶華○虛亭四面春光入，愛遙峰、綠到簷牙○欠些些、幾縷垂楊，幾點桃花○◎去年今日螺墩醉，記石苔留墨，窗竹搖紗○底事年年，清遊多在天涯○平生最識閒中味，覓山僧，同說煙霞○卻輸他、斜日關門，近水人家○

唐多令

蔣春霖

楓老樹流丹○蘆花吹又殘○繫扁舟、同倚朱闌○還似少年歌舞地，聽落葉、憶長安○◎◎哀角起重關○霜深楚水寒○背西風、歸雁聲酸○一片石頭城上月，渾怕照，舊江山○

渡江雲

沈曾植

十分春已去，孤花隱葉，惆悵倚闌心。客遊今倦矣，珍重韶光，還共醉花陰。長亭短堠，向從來、雨黯煙沉。人何處？匣中寶劍，掛壁作龍吟。

登臨。秦時明月，漢國山河，盡雲寒雁噤△行不得、鷓鴣啼晚，苦竹穿林。尋常總道歸帆好，者歸帆、愁與潮深。蒼然暮，高山流水鳴琴。

鷓鴣天

文廷式

劫火何曾燎一塵。側身人海又翻新。間拈寸硯磨礱世，醉折

142

繁花點勘春。◎聞柝夜，警雞晨。重重宿霧鎖重闈。堆盤買得迎年菜，但喜紅椒一味辛。

文廷式

水龍吟

落花飛絮茫茫，古來多少愁人意△遊絲窗隙，驚飆樹底，暗移人世△一夢醒來，起看明鏡，二毛生矣△有葡萄美酒，芙蓉寶劍，都未稱，平生志△◎我是長安倦客，二十年、軟紅塵裡△無言獨對，青燈一點，神遊天際△海水浮空，空中樓閣，萬重蒼翠△待駕鸞歸去，層霄回首，又西風起△

金縷曲

朱孝臧

斗柄危樓揭△ 望中原、盤雕沒處，青山一髮△ 連海西風掀塵黯，捲入關榆悴葉△ 尚遮定、浮雲明滅△ 烽火十三屏前路，照巫閭、知是誰家月△ 遼鶴語，正嗚咽△◎

微聞殿角春雷發△ 總難醒、十洲濃夢，桑田坐閱△ 衝石冤禽寒不起，滿眼秋鯨鱗甲△ 莫道是、昆池初劫△ 負壑藏舟尋常事，怕蒼黃、柱觸共工折△ 天外倚，劍花裂△

144

洞仙歌

朱孝臧

無名秋病，已三年止酒△但買萸囊作重九△亦知非吾土、強約登樓。閒坐到，淡淡斜陽時候△◎浮雲千萬態，回指長安，卻是江湖釣竿手△衰鬢側西風，故國霜多，怕明日、黃花開瘦△問暢好秋光落誰家？有獨客徘徊，憑高雙袖△

145

鷓鴣天

況周頤

如夢如煙憶舊遊○聽風聽雨臥滄州○燭消香炧沉沉夜，春也須歸何況秋○◎書咄咄，索休休○霜天容易白人頭○秋歸尚有

146

浣溪沙

王國維

山寺微茫背夕曛。鳥飛不到半山昏。上方孤磬定行雲。◎試上

高峰窺皓月，偶開天眼覷紅塵。可憐身是眼中人。

黃花在，未必清樽不破愁。

147

八聲甘州

甲子八月二十七日，雷峰塔圮

陳曾壽

鎮殘山、風雨耐千年，何心倦津梁。早霸圖衰歇，龍沉風杳，

如此錢塘。一爾大千震動，彈指失金裝。何限恆沙數，難

抵悲涼。◎慰我湖居望眼，盡朝朝暮暮，咫尺神光。忍殘年心事，寂寞禮空王。漫等閒、擎天夢了，任長空、鴉陣占茫茫。從今後、憑誰管領，萬古斜陽。

曲選

CD4-36

曲·選 qǔ·xuǎn

（若詞為詩餘，則曲為詞餘，其體製與詞略同。唯詞多依定格填字，曲則常有襯字、增字，且平仄通押，致文氣更為暢順活潑。慣例皆以小字表襯字，本書仍之，讀者連小字而讀之可也。又因平仄通押，故於韻腳處皆以〇標之而已。）

小令 xiǎo lìng

1 喜春來 xǐ chūn lái

春宴 chūn yàn

元好問 yuán hǎo wèn

梅擎殘雪芳心奈〇柳倚東風望眼開〇溫柔尊俎小樓臺〇紅袖遶，低唱喜春來〇

méi qíng cán xuě·fāng xīn nài liǔ yǐ dōng fēng wàng yǎn kāi wēn róu zūn zǔ xiǎo lóu tái hóng xiù rào dī chàng xǐ chūn lái

2 小桃紅　採蓮女

楊果 yáng guǒ

採蓮人和採蓮歌○柳外蘭舟過○不管鴛鴦夢驚破○夜如何○有人獨上江樓臥○傷心莫唱，南朝舊曲○司馬淚痕多○

3 乾荷葉

劉秉忠 liú bǐng zhōng

南高峰○北高峰○慘淡煙霞洞○宋高宗○一場空○吳山依舊酒旗風○兩度江南夢○

4 小桃紅

盍西村 hé xī cūn

綠楊堤畔蓼花洲○可愛溪山秀○煙水茫茫晚涼後○捕魚舟○衝

開萬頃玻璃皺。亂雲不收。殘霞妝就。一片洞庭秋。

5

沈醉東風　秋景

盧摯

掛絕壁、枯松倒倚。落殘霞、孤鶩齊飛。四圍不盡山。一望無窮水。散西風、滿天秋意。夜靜雲帆月影低。載我在、瀟湘畫裡。

6

沈醉東風　閒居

盧摯

學邵平、坡前種瓜。學淵明、籬下栽花。旋鑿開菡萏池。高豎起茶蘼架。悶來時、石鼎烹茶。無是無非快活煞。鎖住了、心猿

意馬○

7 山坡羊　　陳草庵

晨雞初叫○昏鴉爭噪○那箇不去紅塵鬧○路遙遙○水迢迢○功名盡在長安道○今日少年明日老○山，依舊好○人，憔悴了○

8 四塊玉　閒適　　關漢卿

南畝耕，東山臥○世態人情經歷多○閒將往事思量過○賢的是他○愚的是我○爭什麼○

CD4-45　　　CD4-44

9 大德歌 秋

關漢卿

風飄飄○雨瀟瀟○便做陳摶也睡不著○懊惱傷懷抱○撲簌簌淚點拋○秋蟬兒噪罷寒蛩兒叫○淅零零細雨打芭蕉○

10 沈醉東風 漁父

白樸

黃蘆岸、白蘋渡口○綠楊堤、紅蓼灘頭○雖無刎頸交，卻有忘機友○點秋江、白鷺沙鷗○傲殺人間萬戶侯○不識字、煙波釣叟○

11

寄生草　飲

白樸

長醉後方何礙。不醒時有甚思。糟醃兩個功名字。醅淹千古興亡事。麴埋萬丈虹霓志。不達時皆笑屈原非。但知音盡說陶潛是。

12

慶東原

白樸

忘憂草，含笑花。勸君聞早冠宜掛。那裡也能言陸賈。那裡也良謀子牙。那裡也豪氣張華。千古是非心，一夕漁樵話。

13 天淨沙 秋

白樸

孤村落日殘霞。輕煙老樹寒鴉。一點飛鴻影下。青山綠水，白草紅葉黃花。

「遠」，舊讀yuǎn。

14 陽春曲 知幾

白樸

今古幾人知。張良辭漢全身計。范蠡歸湖遠害機。樂山樂水總相宜。君細推。

15 憑闌人 寄征衣

姚燧

欲寄君衣君不還。不寄君衣君又寒。寄與不寄間。妾身千萬難。

CD4-51　CD4-50

16

壽陽曲　詠李白

便寫○寫著　甚楊柳岸、曉風殘月○

貴妃親擎硯，力士與脫靴○御調羹、就飧不謝○醉模糊將嚇蠻書

姚燧

17

壽陽曲

亦老○且休教、少年知道○

酒可紅雙頰，愁能白二毛○對樽前、盡可開懷抱○天若有情天

馬致遠

18

撥不斷

菊花開○正歸來○伴虎溪僧鶴　林友龍山客○似杜工部陶淵明李太

白○有洞庭柑東陽酒西湖蟹○哎楚三閭休怪○

馬致遠

19 撥不斷

布衣中○問英雄○王圖霸業成何用○禾黍高低六代宮○楸梧遠近千官塚○一場惡夢○

馬致遠

20 天淨沙　秋思

枯藤老樹昏鴉○小橋流水人家○古道西風瘦馬○夕陽西下○斷腸人在天涯○

馬致遠

「人家」，或作「平沙」。

21

落梅風

煙寺晚鐘

馬致遠

寒煙細，古寺清。近黃昏、禮佛人靜。順西風晚鐘三四聲。怎生教、老僧禪定。

22

湘妃怨

和盧疏齋西湖

馬致遠

春風驕馬五陵兒。煖日西湖三月時。管絃觸水鶯花市。不知音不到此。宜歌宜酒宜詩。山過雨顰眉黛。柳拖煙堆鬢絲。可喜殺睡足的西施。

23

折桂令　歎世

馬致遠

咸陽百二山河。兩字功名，幾陣干戈。項廢東吳，劉興西蜀，夢說南柯。韓信功、兀的般證果。蒯通言、那裡是風魔。成也蕭何。敗也蕭何。醉了由他。

24

四塊玉　恬退

馬致遠

酒旋沽，魚新買。滿眼雲山畫圖開。清風明月還詩債。本是個嬾散人，又無甚經濟才。歸去來。

25

十二月帶堯民歌 別情

王德信

自別後遙山隱隱。更那堪遠水粼粼。見楊柳飛綿滾滾。

對桃花醉臉醺醺。透內閣香風陣陣。掩重門暮雨紛紛。

怕黃昏忽地又黃昏。不銷魂怎地不銷魂。新啼痕壓舊啼痕。斷

腸人憶斷腸人。今春。香肌瘦幾分。摟帶寬三寸。

26

叨叨令 道情

鄧玉賓

白雲深處青山下。茅庵草舍無冬夏。閒來幾句漁樵話。困來

一枕葫蘆架。你省的也麼哥。你省的也麼哥。煞強如風波千

丈擔驚怕。

27

塞鴻秋　代人作　　貫雲石

戰西風幾點賓鴻至。感起我南朝千古傷心事。展花箋欲寫幾句知心事。空教我停霜毫半晌無才思。往常得興時。一掃無瑕玼。今日個病厭厭剛寫下兩個相思字。

28

清江引　惜別　　貫雲石

若還與他相見時。道箇真傳示。不是不修書，不是無才思。繞清江買不得天樣紙。

CD4-63　　CD4-62　　CD4-61

29

殿前歡（二首）　貫雲石

暢幽哉。春風無處不樓臺。一時懷抱俱無奈。總對天開。就淵明歸去來。怕鶴怨山禽怪。問甚功名在。酸齋是我，我是酸齋。

造物同。聽甚霓裳弄。酒後黃鶴送。山翁醉我，我醉山翁。怕西風。晚來吹上廣寒宮。玉臺不放香奩夢。正要情濃。此時心

30

山坡羊　潼關懷古　張養浩

峰巒如聚。波濤如怒。山河表裡潼關路。望西都。意踟躕。傷心秦漢經行處。宮闕萬間都做了土。興，百姓苦。亡，百姓苦。

31

山坡羊 shān pō yáng

驪山懷古 lí shān huái gǔ

張養浩 zhāng yǎng hào

驪山四顧○阿房一炬○當時奢侈今何處○只見草蕭疏○水縈紆○至
lí shān sì gù　ē páng yí jù　dāng shí shē chǐ jīn hé chù　zhǐ jiàn cǎo xiāo shū　shuǐ yíng yū　zhì

今遺恨迷煙樹○列國周齊秦漢楚○贏，都變做了土○輸，都變
jīn yí hèn mí yān shù　liè guó zhōu qí qín hàn chǔ yíng　dōu biàn zuò liǎo tǔ shū　dōu biàn

做了土○
zuò liǎo tǔ

32

雁兒落兼得勝令 yàn ér luò jiān dé shèng lìng

張養浩 zhāng yǎng hào

雲來山更佳○雲去山如畫○山因雲晦明，雲共山高下○倚杖
yún lái shān gèng jiā　yún qù shān rú huà　shān yīn yún huì míng　yún gòng shān gāo xià　yǐ zhàng

立雲沙○回首見山家○野鹿眠山草，山猿戲野花○雲霞○我愛
lì yún shā　huí shǒu jiàn shān jiā　yě lù mián shān cǎo　shān yuán xì yě huā　yún xiá　wǒ ài

山無價○看時行踏○雲山也愛咱○
shān wú jià　kàn shí xíng tà　yún shān yě ài zá

33

水仙子 · 詠江南

張養浩

一江煙水照晴嵐。兩岸人家接畫簷。芰荷叢一段秋光淡。看沙鷗舞再三。捲香風十里珠簾。畫船兒天邊至，酒旗兒風外颭。愛殺江南。

34

鸚鵡曲

白賁

儂家鸚鵡洲邊住。是箇不識字漁父。浪花中、一葉扁舟。睡煞江南煙雨。

（么）覺來時、滿眼青山。抖擻綠蓑歸去。算從前、錯怨天公。

35

山坡羊　冬日寫懷　喬吉

朝三暮四○昨非今是○痴兒不解榮枯事○儹家私○寵花枝○黃金壯起荒淫志○千百錠買張招狀紙○身，已至此○心，猶未死○甚也有、安排我處○

36

賣花聲　悟世　喬吉

肝腸百鍊爐間鐵○富貴三更枕上蝶○功名兩字酒中蛇○尖風薄雪○殘杯冷炙○掩青燈、竹籬茅舍○

37

水仙子　遊越福王府　喬吉

笙歌夢斷蒺藜沙○羅綺香餘野菜花○亂雲老樹夕陽下○燕休尋王謝家○恨興亡怒煞些鳴蛙○鋪錦池埋荒甃。流杯亭堆破瓦○何處也繁華○

38

折桂令　荊溪即事　喬吉

問荊溪溪上人家○為甚人家○不種梅花○老樹支門，荒蒲繞岸，苦竹圈笆○寺無僧、狐狸樣瓦○官無事、烏鼠當衙○白水黃沙○倚遍闌干，數盡啼鴉○

CD4-73　　　　CD4-72

41　　　40　　　39

39 天淨沙　即事

喬吉

鶯鶯燕燕春春○花花柳柳真真○事事風風韻韻○嬌嬌嫩嫩○停停當當人人○

40 綠么遍　自述

喬吉

不占龍頭選○不入名賢傳○時時酒聖，處處詩禪○煙霞狀元○江湖醉仙○笑談便是編修院○留連○批風抹月四十年○

41 山坡羊　燕城述懷

劉致

雲山有意○軒裳無計○被西風吹動功名淚○去來兮○便休提○青

CD4-75　　　　CD4-74

43

42

殿前歡　道情

山儘解招人醉○得失到頭皆物理○得○他命裡○失○咱命裡○

醉顏酡○水邊林下且婆娑○醉時拍手隨腔和○一曲狂歌○除漁樵

那兩箇○無災禍○此一著　誰參破○南柯夢繞，夢繞南柯○

劉致

折桂令　席上偶談蜀漢事因賦短柱體

鸞輿三顧茅廬○漢祚難扶○日暮桑榆○深渡南瀘○長驅西蜀○

力拒東吳○美乎周瑜妙術○悲夫關羽云殂○天數盈虛○造物乘

除○問汝何如○早賦歸歟○

虞集

CD4-77　CD4-76

44

山坡羊

薛昂夫

大江東去○長安西去○為功名走徧天涯路○厭舟車○喜琴書○早星星鬢影瓜田暮○心待足時名便足○高，高處苦○低，低處苦○

45

普天樂·江頭秋行

趙善慶

稻粱肥，蒹葭秀○黃添籬落，綠淡汀洲○木葉空，山容瘦○沙鳥翻風知潮候○望煙江、萬頃沈秋○半竿落日，一聲過雁，幾處危樓○

47

塞鴻秋　春情

張可久

疏星淡月秋千院。愁雲恨雨芙蓉面。傷心燕足留紅線。惱人鸞影閒團扇。獸爐沈水煙。翠沼殘花片。一行行寫入相思傳。

46

人月圓　山中書事

張可久

興亡千古繁華夢，詩眼倦天涯。孔林喬木，吳宮蔓草，楚廟寒鴉。數間茅舍，藏書萬卷，投老村家。山中何事，松花釀酒，春水煎茶。

CD4-81

CD4-80

48

迎仙客 · 湖上送別 yíng xiān kè · hú shàng sòng bié

張可久 zhāng kě jiǔ

釣錦鱗○棹紅雲○西湖畫船三月春○正思家，還送人○綠滿前村○煙雨江南恨○

diào jǐn lín　zhào hóng yún　xī hú huà chuán sān yuè · chūn　zhèng sī · jiā　huán sòng · rén　lǜ · mǎn qián cūn　yān yǔ jiāng nán hèn

49

紅繡鞋 hóng xiù xié

張可久 zhāng kě jiǔ

嘆孔子嘗聞俎豆○羨嚴陵不事王侯○百尺雲帆洞庭秋○醉呼元亮酒○懶上仲宣樓○功名不掛口○

tàn kǒng zǐ cháng wén zǔ dòu　xiàn yán líng bú · shì wáng hóu　bó · chǐ yún fān dòng tíng qiū　zuì hū yuán liàng jiǔ　lǎn shàng zhòng xuān lóu　gōng míng bú · guà kǒu

50

普天樂 · 秋懷 pǔ tiān lè · qiū huái

張可久 zhāng kě jiǔ

為誰忙，莫非命○西風驛馬，落月書燈○青天蜀道難，紅葉吳

wèi shuí máng　mò · fēi mìng　xī fēng yì · mǎ　luò · yuè shū dēng　qīng tiān shǔ · dào nán　hóng yè · wú

CD4-83　　　CD4-82

51

朝天子 湖上

張可久

江冷○兩字功名頻看鏡○不饒人、白髮星星○釣魚子陵○思蓴季

鷹○笑我飄零○

瘦杯○玉醅○夢冷蘆花被○風清月白總相宜○樂在其中矣○壽過

顏回○飽似伯夷○閒如越范蠡○問誰○是非○且向西湖醉○

52

朝天子 山中雜書

張可久

醉餘○草書○李愿盤谷序○青山一片范寬圖○怪我來何暮○

鶴骨清癯○蝸殼蘧廬○得安閒心自足○寒驢○酒壺○風雪梅花路○

53

賣花聲 huài gǔ 懷古

張可久 zhāng kě jiǔ

美人自刎烏江岸○戰火曾燒赤壁山○將軍空老玉門關○傷心秦漢○生民塗炭○讀書人、一聲長歎○

54

慶東原 cì mǎ zhì yuǎn xiān bèi yùn 次馬致遠先輩韻

張可久 zhāng kě jiǔ

詩情放，劍氣豪○英雄不把窮通較○江中斬蛟○雲間射鵰○席上揮毫○他得志笑閒人，他失腳閒人笑○

55

慶宣和 máo shì chí tíng 毛氏池亭

張可久 zhāng kě jiǔ

雲影天光乍有無○老樹扶疏○萬柄高荷小西湖○聽雨○聽雨○

56

水仙子 次韻

張可久

蠅頭老子五千言○鶴背揚州十萬錢○白雲兩袖吟魂健○賦莊生秋水篇○布袍寬風月無邊○名不上瓊林殿○夢不到金谷園○海上神仙○

57

天淨沙 魯卿庵中

張可久

青苔古木蕭蕭○蒼雲秋水迢迢○紅葉山齋小小○有誰曾到○探梅人過溪橋○

58 憑闌人 píng lán rén

江夜 jiāng yè

張可久 zhāng kě jiǔ

江水澄澄江月明○江上何人搊玉箏○隔江和淚聽○滿江長嘆聲○

jiāng shuǐ chéng chéng jiāng yuè míng　jiāng shàng hé rén chōu yù zhēng　gé jiāng huò lèi tīng　mǎn jiāng cháng tàn shēng

59 人月圓 rén yuè yuán

甘露懷古 gān lù huái gǔ

徐再思 xú zài sī

江皋樓觀前朝寺，秋色入秦淮○敗垣芳草，空廊落葉，深砌蒼苔○

jiāng gāo lóu guàn qián cháo sì　qiū sè rù qín huái　bài yuán fāng cǎo　kōng láng luò yè　shēn qì cāng tái

遠人南去，夕陽西下，江水東來○木蘭花在，山僧試問，知為誰開○

yuǎn rén nán qù　xì yáng xī xià　jiāng shuǐ dōng lái　mù lán huā zài　shān sēng shì wèn　zhī wèi shuí kāi

61

朝天子 西湖

裡湖○外湖○無處是無春處○真山真水真畫圖○一片玲瓏玉○宜酒宜詩，宜晴宜雨○銷金鍋錦繡窟○老蘇○老逋○楊柳隄梅花墓○

徐再思

60

折桂令 春情

平生不會相思○才會相思○便害相思○身似浮雲，心如飛絮，氣若游絲○空一縷、餘香在此○盼千金、遊子何之○證候來時○正是何時○燈半昏時○月半明時○

徐再思

CD4-92　　CD4-91

62

水仙子　山居自樂

孫周卿

西風籬菊粲秋花○落日楓林噪晚鴉○數椽茅屋青山下○是山中宰相家○教兒孫自種桑麻○親眷至煨香芋。賓朋來煮嫩茶○富貴休誇○

63

寄生草　感嘆

查德卿

姜太公賤賣了磻溪岸○韓元帥命博得拜將壇○羨傅說守定岩前版○嘆靈輒吃了桑間飯○勸豫讓吐出喉中炭○如今凌煙閣一層一個鬼門關○長安道一步一個連雲棧○

64

一半兒 春妝

查德卿

自將楊柳品題人。笑撚花枝比較春。輸與海棠三四分。再偷勻。一半兒胭脂一半兒粉。

65

水仙子 譏時

張鳴善

鋪眉苫眼早三公。裸袖揎拳享萬鍾。胡言亂語成時用。大綱來都是烘。說英雄誰是英雄。五眼雞岐山鳴鳳。兩頭蛇南陽臥龍。三腳貓渭水非熊。

「苫」，又讀shān。

CD4-96　　　　CD4-95

67

折桂令
zhé · guì líng

倚蓬窗、無語嗟呀○七件兒全無○做甚麼人家○柴似靈芝，油
yǐ péng chuāng wú yǔ jiē yā qī · jiàn er quán wú zuò shèn mo rén jiā chái sì líng zhī yóu

如甘露，米若丹砂○醬甕兒、恰纔夢撒○鹽瓶兒、又告消乏○
rú gān lù mǐ ruò dān shā jiàng wèng er qià · cái mèng sǎ yán píng er yòu gào xiāo fá

茶也無多，醋也無多，七件事尚且艱難，怎生教我折柳攀花○
chá yě wú duō cù yě wú duō qī · jiàn shì shàng qiě jiān nán zěn shēng jiāo wǒ zhé · liǔ pān huā

周德清
zhōu dé · qīng

67

賀聖朝
hè shèng cháo

春夏間○徧郊原桃杏繁○用盡丹青圖畫難○道童將驢鞴上鞍○忍
chūn xià jiān biàn jiāo yuán táo xìng fán yòng jìn dān qīng tú huà nán dào tóng jiāng lǘ bèi shàng ān rěn

不住只恁般頑○將一個酒葫蘆楊柳上拴○
bù · zhù zhǐ rèn bān wán jiāng yí · gè jiǔ hú lú yáng liǔ shàng shuān

無名氏
wú míng shì

68

落梅風　江天暮雪　　無名氏

彤雲布，瑞雪飄。愛垂釣、老翁堪笑。子猷凍將回去了。寒江怎生獨釣。

69

叨叨令　　無名氏

黃塵萬古長安路。折碑三尺邙山墓。西風一葉烏江渡。夕陽十里邯鄲樹。老了人也麼哥，老了人也麼哥，英雄盡是傷心處。

CD4-100　　　　CD4-99

70

朝天子　盧山　無名氏

早霞○晚霞○妝點盧山畫○仙翁何處鍊丹砂○一縷白雲下○客去齋餘，人來茶罷○嘆浮生指落花○楚家○漢家○做了漁樵話○

71

朝天子　志感　無名氏

不讀書最高○不識字最好○不曉事倒有人誇俏○老天不肯辨清濁○好和歹沒條道○善的人欺，貧的人笑○讀書人都累倒○立身則小學○修身則大學○智和能都不及鴨青鈔○

CD4-102　　CD4-101

72

清江引 九日

無名氏

蕭蕭五株門外柳。屈指重陽又。霜清紫蟹肥，露冷黃花瘦。白衣不來琴當酒。

73

塞鴻秋 山行警

無名氏

東邊路西邊路南邊路。五里鋪七里鋪十里鋪。行一步盼一步懶一步。雲時間天也暮日也暮雲也暮。斜陽滿地鋪，回首生煙霧。兀的不山無數水無數情無數。

散套 sǎn tào

74 秋思 qiū sī

馬致遠 mǎ zhì yuǎn

（雙調夜行船）shuāng diào yè xíng chuán 百歲光陰一夢蝶○bǎi suì guāng yīn yí mèng dié 重回首往事堪嗟○chóng huí shǒu wǎng shì kān jiē 昨日春來，zuó rì chūn lái

今朝花謝○jīn zhāo huā xiè 急罰盞，jí fá zhǎn 夜闌燈滅○yè lán dēng miè

（喬木查）qiáo mù chá 秦宮漢闕○qín gōng hàn quē 都作了衰草牛羊野○dōu zuò liǎo shuāi cǎo niú yáng yě 不恁漁樵沒話說○bú rèn yú qiáo méi huà shuō 縱荒 zòng huāng

墳，fén 橫斷碑○不辨龍蛇○héng duàn bēi bú biàn lóng shé

（慶宣和）qìng xuān hé 投至狐蹤與兔穴○tóu zhì hú zōng yǔ tù xué 多少豪傑○duō shǎo háo jié 鼎足三分半腰折○dǐng zú sān fēn bàn yāo zhé 魏耶？wèi yé

晉耶○jìn yé

「如」，或作「一」。

「筵」，或作「闌」。

「沒」，或作「無」。

「做」，或作「都作了」。

CD1-104

〔落梅風〕天教你富，莫太奢○沒多時好天良夜○富家兒更做道你
心似鐵○爭辜負了錦堂風月○

（風入松）眼前紅日又西斜○疾似下坡車○曉來清鏡添白雪○
上床與鞋履相別○休笑鳩巢計拙，葫蘆提一向裝呆○

（撥不斷）利名竭○是非絕○紅塵不向門前惹○綠樹偏宜屋角遮○青
山正補牆頭缺○更那堪竹籬茅舍○

（離亭宴帶歇指煞）蛩吟罷一覺纔寧貼○雞鳴時萬事無休歇○爭名利
何年是徹○看密匝匝蟻排兵，亂紛紛蜂釀蜜，急攘攘蠅爭血○裝

CD1-105

「沒」，或作
「無」。

「富家兒更做
道你」，或作
「看錢奴硬將」。

「爭辜負了」，或
作「空辜負了」。

「車」，今音ju。

「與」，或作
「和」。

「休」，或作
「就」。

「莫」，或作
「向」，或作
「就」。

「更那堪」或
本無。

此牌襯字各本
多有不同者。
「攘」，今音
rǎng。

二六二

公綠野堂，陶令白蓮社。愛秋來時那些。和露摘黃花，帶霜烹紫

蟹。煮酒燒紅葉。想人生有限杯。幾度登高節。囑付俺頑童記者。便

北海探吾來。道東籬醉了也。

75

江天暮雪

鮮于伯機

（仙呂八聲甘州）江天暮雪，最可愛青帘，搖曳長杠。生涯間散，

占斷水國漁邦。煙浮草屋梅近砌，水遶柴扉山對窗。時復竹

籬旁，犬吠汪汪。

（么篇）向滿目斜陽裏，見遠浦歸舟，帆力風降。山城欲閉，時

CD1-107

聽戍鼓聲聲○群鴉噪晚千萬點，寒雁書空三四行○畫向小屏

間，夜夜停缸○

（大安樂）從人笑我愚和戇○瀟湘影裏且徜徉○不談劉項與孫龐○

近小窗○誰羨碧油幢○

（元和令）粳米炊長腰，鯿魚煮縮項○悶攜村酒飲空缸○是非

一任講○恣情拍手掉漁歌，高低不論腔○

（煞）浪滂滂○水淙淙○小舟斜纜壞橋樁○綸竿蓑笠，落梅風裏

釣寒江○

「聲」，又讀 pāng。

「戇」，又讀 gàng。

「粳」，又讀 gēng。

「炊」，或作「吹」。

戲曲

76 牡丹亭 第十齣 驚夢（節）（遊園）

湯顯祖

（貼）早茶時了，請行。（行介）你看：畫廊金粉半零星，池館蒼苔一片青。

踏草怕泥新繡襪，惜花疼煞小金鈴。（旦）不到園林，怎知春光如許？

（皂羅袍）原來姹紫嫣紅開遍。似這般都付與斷井頹垣。良辰美景奈

何天。賞心樂事誰家院。（恁般景致，我老爺和奶奶再不提起。）（合）朝

飛暮捲，雲霞翠軒。雨絲風片。煙波畫船。錦屏人忒看的這韶

光賤。

CD4-111　　　　　CD4-110

77

桃花扇　餘韻（節）

孔尚任 kǒng shàng rèn

táo huā shàn
桃花扇　yú yùn jié 餘韻（節）

（貼·）是花都放了 shì huā dōu fàng liǎo，那牡丹還早 nà mǔ dān huán zǎo。

（好姐姐 hǎo jiě jiě）（旦·）遍青山啼紅了杜鵑 biàn qīng shān tí hóng liǎo dù juān○茶蘼外煙絲醉軟 tú mí wài yān sī zuì ruǎn○（春香呵 chūn xiāng hē！）牡 mǔ

dān suī hǎo
丹雖好，他春歸怎占的先 tā chūn guī zěn zhàn dì·xiān？○（貼·）（成對兒鶯燕呵 chéng duì er yīng yàn hē。）（合·）閒凝眄 xián níng miǎn，

shēng shēng yàn yǔ míng rú jiǎn
生生燕語明如翦○嚦嚦鶯歌溜的圓 lì·lì yīng gē liū dì·yuán○

（旦·）去罷 qù bà。（貼·）這園子委實觀之不足也 zhè yuán zi wěi shí guàn zhī bù·zú·yě。（旦·）提他怎的 tí tā zěn dì·。（行介 xíng jiè）

（淨 jìng）不瞞二位說 bù·mán èr wèi shuō：我三年沒到南京 wǒ sān nián méi·dào nán jīng，忽然高興 hū·rán gāo xìng，進城賣柴 jìn chéng mài chái，路過孝陵 lù guò xiào líng，

jiàn nà bǎo chéng xiǎng diàn
見那寶城享殿，成了芻牧之場 chéng liǎo chú mù· zhī chǎng。（丑 chǒu）呵 hē！呀呀 yǎ yǎ！那皇城如何 nà huáng chéng rú hé？（淨 jìng）那 nà

皇城牆倒宮塌，滿地蒿菜了！（副末掩淚介）不料光景至此。（淨）俺

又一直走到秦淮，立了半晌，竟沒一個人影兒。（丑）那長橋舊院，是咱

們熟遊之地，你也該去瞧瞧。（淨）怎的沒瞧，長橋已無片板，舊院騰了

一堆瓦礫。（丑搥胸介）咳！慟死俺也！（淨）那時疾忙回首，一路傷心，

編成一套北曲，名為哀江南。待我唱來！俺樵夫呵！

（哀江南）（北新水令）山松野草帶花挑。猛抬頭秣陵重到。殘軍留廢

壘，瘦馬臥空壕。村郭蕭條。城對著夕陽道。

（駐馬聽）野火頻燒。護墓長楸多半焦。山羊群跑。守陵阿監幾時

逃○鴿翎蝠糞滿堂拋○枯枝敗葉當街罩○誰祭掃○牧兒打碎龍

碑帽。

（沈醉東風）橫白玉八根柱倒○墮紅泥半堵牆高○碎琉璃瓦片多，爛

翡翠窗櫺少○舞丹墀燕雀常朝○直入宮門一路蒿○住幾個乞兒

餓殍○

（折桂令）問秦淮舊日窗寮○破紙迎風，壞檻當潮○目斷魂銷○當

年粉黛，何處笙簫○罷鐙船端陽不鬧○收酒旗重九無聊○白鳥

飄飄○綠水滔滔○嫩黃花有些蝶戀，新紅葉無個人瞧○

（沽美酒）你記得跨青溪，半里橋。舊紅板，沒一條。秋水長天人過少。冷清清的落照。賸一樹柳彎腰。

（太平令）行到那舊院門何用輕敲。也不怕小犬哶哶。無非是枯井頹巢。不過些磚苔砌草，手種的花條柳梢。儘意兒採樵。這黑灰是誰家廚竈。

（離亭宴帶歇指煞）俺曾見金陵玉殿鶯啼曉。秦淮水榭花開早。誰知道容易冰消。眼看他起朱樓，眼看他讌賓客，眼看他樓塌了。這青苔碧瓦堆，俺曾睡風流覺。將五十年興亡看飽。那烏衣巷不姓

王，莫愁湖鬼夜哭，鳳凰臺棲梟鳥。殘山夢最真，舊境丟難掉。不信這輿圖換藁。謅一套哀江南，放悲聲唱到老。

（副末掩淚介）妙是絕妙，惹出多少眼淚！

（丑）這酒也不忍入脣了，大家談談罷！

王财贵教授主编、监制

北京文礼经典文化有限公司、北京季谦教育咨询中心联合出品　文教产品系列

中文经典诵读系列（简繁对照）·普及版
中文经典诵读系列（简繁对照）·典藏版
中文经典诵读系列（繁体竖排）·典藏版
中文经典口袋书系列（简繁对照）·典藏版

·《学庸论语》

·《孟子》

·《老子庄子选》

·《易经》

·《诗经》

·《唐诗三百首》

·《书礼春秋选》

·《古文选》

·《诗歌词曲选》

·《佛经选》

·《伤寒论》（全 2 册）

·《内经知要》

·《孝弟三百千》

·《格言选》

《学儿中文大字经典诵读本》

（含《论语》《大学》《孝经》《中庸》《弟子规》

《三字经》《百家姓》《千字文》共 7 卷）

书法教学系列

·硬笔书法练习套装

（含《弟子规》《三字经》《千字文》共 3 册）

读经教育理念资料系列

·《读经教育理念简介》

·《教育的智慧学》

·《经典教育与文化关怀文集》

·《儿童读经教育》理念讲解光盘

（含演讲、专题片、百问千答，共 7 碟）

·孔子像和王财贵教授题字对联（平装）

胎教、早教用具系列

·便携式读经机（简装版）

·便携式读经机（礼品装）

·桌面读经机

·读经胎教机

英文经典诵读系列

·仲夏夜之梦

·莎翁十四行诗

·英文名著选

·小爱神与喜颂

·柏拉图苏氏自辩

·英文常语举要

·英文圣经选

·英语会话一千句

·童子诗园

德文经典诵读系列

·德文名著选

·德文常语举要

·德文圣经选

日文经典诵读系列

·日文论语

·日文名著选

·日文常语举要

法文经典诵读系列

·法文名著选

·法文常语举要

·法文圣经选

梵文经典诵读系列

·入菩提行论

·梵文经典选

"爱读经"　iDUjiNG® 爱读经
每一款产品
都在期待一个完美人格的孩子
每一个孩子
都是文化复兴的种子

免费理念学习

产品服务

服 务 热 线：400-8984808
爱读经官网：www.idujing.com